모두의 친절

이나리 소설

모두의 친절

문학동네

차 례

완벽한 농담

아침이 왔다. 너는 제대로 자지 못했다. 밤새 얕은잠으로 버틴 지 일주일은 족히 넘었을 거라고 생각했다. 닫힌 방문 너머로는 아무 기척도 느껴지지 않았다. 엄마는 또 병실에서 밤을 새웠다. 너는 병실에 있는 할머니를 떠올렸다. 죽기 전엔 오지 마라. 할머니의 카랑카랑한 목소리가 들리는 듯했다. 누구나 알 수 있듯 할머니의 말은 투정이고 엄살이었다. 할머니는 입원하면 화가 나 있었다. 화가 나서 입원을 할 때도 있었다. 너의 엄마는 할머니에게 하나뿐인 며느리였다. 엄마는 선량한 사람이다.

천천히, 어제 있었던 일을 떠올렸다. 어제 아침, 너는 수업을 들을 만한 기분이 아니었다. 마지못해 등교했지만 아무도 너에게 관심이 없었다. 너는 책가방을 다시 메고 학교를 빠져나왔다. 교문 앞에서 미루가 기다리고 있었다. 너와 미루는 밤새 문자 메시지를 주고받았다.

학교를 가지 않는다고 해서 엄마가 혼내는 일은 없었다. 이삼 일에 한 번 정도 집에 왔지만 그뿐이었다. 엄마에게 너는 필요한 물건을 찾으려는 김에 잠깐 쳐다보는 잡동사니 같았다. 너는 엄마가 없는 사이 물건들을 감추거나 버리거나 위치를 바꾸었다. 엄마는 화내지 않았다. 찾거나 찾지 않을 뿐. 엄마가 믿는 거 알지? 엄마는 웃는 표정을 어렵게 지어 보이며 자주 너의 어깨를 톡, 하고 쳤다. 너는 엄마가 진짜 하고 싶어하는 말이 무엇인지 알고 있었지만 모르는 척했다.

몸을 일으킨 채 얼굴을 세게 쓸어내렸다. 어제의 기억들이 조각조각 되살아났다. 고개를 흔들었다. 너는 어제 나쁜 짓을 했다. 태어나서 그런 나쁜 짓은 처음이었다. 초등학교 때 비슷한 기회가 있었지만 너는 그 유혹을 잘 참았다. 이번에는 아니었다. 가슴이 두근거리는 걸 너는 분명히 느꼈다. 교복을 입고 거울을 들여다보니 어제의 일이 더욱 생생히 떠올랐다. 너는 교복을 입은 채 도둑질을 했다. 만약 누군가 보았다면 어느 학교 학생인지 대번에 알아챌 수 있었다. 거울을 들여다보며 교복 단추를 잠그고 치마를 툭툭 털었다. 뒤로 돌아 엉덩이를 확인했다. 오랫동안 앉아 있어 옷감이 반질반질해져 있었다. 나쁘지 않았다. 그래도 너는 거울 앞을 떠나지 못했다. 여전히 학교에 가고 싶지 않았다.

핸드폰을 확인해보았지만 미루의 연락은 없었다. 미루에게 전화를 걸었지만 연결되지 않았다. 너는 문자 메시지를 남겨두었다.

결국 학교에 가지 않기로 결정했다. 지금 출발해도 지각이었다. 지각을 하고서 선생님에게 잔소리를 듣느니 차라리 결석하는 게 낫겠다는 생각이 들었다. 배가 아팠다. 너는 손바닥으로 아랫배를 천천히 쓸어내렸다. 배가 아파서 못 간 거라는 변명을 나직이 중얼거려보았다. 거짓말이 아니니까 죄책감이 덜어졌다.

너는 교복을 입은 채 부엌에 서서 간단한 요깃거리를 준비했다. 텔레비전을 켜고 볼륨도 잔뜩 높였다. 좁은 집의 면면에 소리가 부딪치고 울렸다. 너는 그 소리가 마음에 들었다. 엄마가 집에 있었다면 하지 못하게 했을 행동이었다. 조금 더 소리를 키웠다. 여러 명이 웅성대는 듯한 소리가 순식간에 온 집안을 울렸다. 시끄럽다고 생각하면서도 마음에 들었다. 이웃집에 미안한 마음은 들지 않았다. 이 시간에 집에 있는 사람은 거의 없었다. 주어진 역할이 있다면 모두 집밖에 있을 시간이었다. 가난한 동네일수록 더욱.

텔레비전을 켜둔 채 아침을 먹었다. 배가 계속 아파 화장실을 자주 드나들었다. 하지만 몇 번을 드나들어도 개운하지 않았다. 기분이 좋지 않았다. 교복 치마가 아랫배를 더 답답하게 하는 것 같기도 했다. 그래도 너는 교복을 벗지 않았다. 혹시나 엄마가 갑자기 집에 들이닥쳤을 때 학교를 가려 했다는 식으로라도 말하고 싶었다.

밥을 먹고 한참이 지났지만 너는 여전히 텔레비전을 끄지 않았다. 특별히 보고 싶은 프로그램이 있는 건 아니었다. 그저 많은 사람이 수다를 떠는 채널을 찾아다녔다. 그러다 너는 텔레비전 앞에 비스듬히 누워 자주 뉴스를 확인했다. 너와 관련된 이야기는 나오지 않았다. 너는 안심이 되기도 하고 서운하기도 했다. 팔을 괴고 누운 상태에서 오른쪽에 있는 너의 방을 쳐다보았다. 방문은 제대로 닫혀 있었다. 열릴 기미는 조금도 보이지 않았다.

지난밤 너는 그 방에서 자지 않았다. 아침에 교복을 찾으러 잠깐 들어갔을 뿐이었다. 너의 방은 무척 작았다. 특히 방문을 열고 들어가면 정면으로 보이는 책상 때문에 더욱 좁아 보였다. 책상은 다소 낡았지만 튼튼했다. 좋은 원목이었고, 마감 처리도 훌륭했다. 문제는 지나치게 크다는 것이었다. 그 책상은 네가 기억도 잘 나지 않는 어릴 시절부터 네 방을 차지했다. 사실 그 책상은 학생용이라기보다는 사무용에 더 적합했다. 너는 이따금 책상이 사용하는 방에 얹혀 지내는 것 같은 기분이 들었다. 그건 아주 이상한 기분이었다.

책상에 딸린 서랍장은 쓸모없는 물건들로 가득했다. 엄마는 거기에 정확히 무엇이 있는지 신경쓰지 않았다. 그러니까 그 서랍은 온전히 너의 것인 셈이었다. 너는 숨길 것이 있다면 서랍을 이용했다. 그런 장소가 있다는 게 마음에 들었다.

다시 뉴스에 집중했다. 누군가 죽었다거나 사라졌다는 이야기가 지나가고 주가 상승률이나 장기 불황, 버블 경제 같은 말들이 수없이 반복되었다. 자꾸 눈이 감겼다. 만약 이대로 잠이 든다면 오늘밤에 또 잠들 수 없을 것이다. 졸음이 몰려오는 상태에서도 너는 네 방 쪽으로 귀를 기울였다. 조용했다.

눈이 감기고 생각조차 끊기는 순간 갑자기 들려오는 큰 소리에 너는 잠이 깼다. 누군가 문을 두드리고 있었다. 노크 소리만으로도 무례하다는 게 느껴졌다.

누구세요.

짜증이 밴 목소리로 문을 열었다. 문밖에는 두 명의 남자가 서 있었다. 문을 두드린 듯한 남자는 검은 점퍼에 청바지 차림이었고 남자의 뒤편에 서 있는 키 크고 앳된 인상의 다른 남자는 제복을 입고 있었다.

경찰. 너는 너무 놀라 소리를 지를 뻔했다. 문을 열기 전에 확인했어야 했는데. 뒤늦게 생각했지만 소용없었다.

너 혼자 있니?

검은 점퍼가 말했다. 너는 문고리를 잡은 손에 힘을 주며 남자의 얼굴을 살폈다. 검게 그을린 피부가 반들거렸다. 작지만 다부진 체격이었다. 검은 점퍼는 네가 경계한다는 걸 알아챈 듯 신분증을 꺼내들어 네 눈앞에 들이댔다. 그러고는 순식간에 다시 집어넣었다. 너는 신분증을 제대로 확인하지 못했지만 무언가를 확실히 알고 있다는 듯 목에 힘을 줬다.

무슨 일이에요?

너는 신경질적으로 말했다. 한편으로는 소리를 지르면 옆집에서 너의 목소리를 들을 수 있을지 가늠했다. 옆집 아줌마는 가끔 이 시간에 집에 있을 때도 있었다. 초조해 보이지 않도록 해야 했다. 너는 화가 난 것처럼 인상을 쓰며 현관에서 한 걸음도 물러서지 않았다. 사실 그렇게 큰 텔레비전 소리에도 신경질을 내는 이웃이 없었다는 건 뻔한 상황이었다. 들키지만 않으면 된다. 너는 팔짱을 끼고 다리에 힘을 줬다. 경계하는 짐승처럼 한껏 몸을 부풀리는 것이었다. 험한 동네에서 배운 것이라고는 그것뿐이었다. 너는 이 동네에서 오랫동안 살았다.

검은 점퍼는 뒷머리를 벅벅 긁어댔다. 피곤한 기색이 역력했다.

몇 가지 물어보자.

제복이 들고 있는 무전기에서는 시종 알아들을 수 없는 잡음이 들려왔다. 제복은 조그만 수첩을 뒤적이며 너의 신분을 확인했다. 너는 고개를 끄덕였다. 진짜 경찰이 맞는다는 생각이 들자 더욱 긴장이 되었다. 이제 너는 이 남자들이 너에게 어제의 일을 추궁할지, 만약 추궁한다면 어떻게 빠져나갈지 생각해야만 했다. 손바닥에서 땀이 배어나왔다.

남자친구는?

검은 점퍼가 물었다. 너는 얼굴을 찌푸렸다.

그런 걸 왜 물어요?

금방 끝나.

그는 다시 말을 이었다.

지난밤에 이상한 소리 들은 건 없니?

어떤 소리요?

너의 질문에 그는 아무 대답도 하지 않고 들고 있는 수첩에 태연하게 무언가를 표시했다.

너도 알겠지만,

그는 다시 한번 뒷머리를 긁으며 귀찮다는 듯 말했다.

비닐봉지에 아기를 싸서 버리면 안 되는 거야.

그게 무슨 소리예요?

네가 다급히 묻자 제복이 너의 얼굴을 빤히 쳐다보았다.

지난밤엔 너무 추웠잖아.

그러고는 부드러운 목소리로 너에게 설명했다. 유기된 아기가 있는 것 같다는 신고를 받아 출동했는데 현장에 도착해보니 아무것도 없었다는 이야기였다.

허위신고일 수도 있지만 일단 조사는 해야 하니까.

제복은 대수롭지 않게 말했다.

만약 진짜라면 너희 같은 애들이 버린 거 아니겠니.

제복이 부드러운 미소를 보이며 너의 몸을 훑었다. 그제야 너는 네가 교복을 입고 있다는 사실을 떠올렸다. 순식간에 얼굴이 붉어졌다. 네가 뭐라고 항변하기도 전에 경찰들은 가버렸다. 너는 현관문을 세게 닫고 문을 잠갔다. 닫힌 게 맞는지 확실하게 확인하려고 문고리를 잡고 흔들어보기도 했다. 모욕을 당한 기분이었다. 긴장이 풀리자 아랫배의 통증이 다시 느껴졌다.

어제 너는 문구용품점에 있었다. 미루와 함께 학교에서 나온 후 들른 곳이었다. 그 문구용품점은 동네에서 가장 큰 곳으로, 삼층까지 있었다. 근처에 학교가 모여 있어 학생들이 많이 찾았다. 학생들은 도둑질을 했다. 그들에게 그건 특별한 일이 아니었다. 너에게만은 특별했다. 너의 첫 도둑질이었으니까.

문구용품점에 들어서면서 미루가 재미있는 일을 하자고 말했다. 다들 한다고 했다. 한 번도 안 할 수는 있어도 한 번만 할 수는 없는 일이라는 말도 덧붙였다. 너는 미루의 말이 마음에 들었다.

너와 미루는 일층부터 삼층까지 구석구석을 구경했다. 모든 물건이 탐났지만 전부 훔칠 수는 없었다. 삼층까지 다 돌아보고 난 후 너와 미루는 일층으로 되돌아왔다. 너는 일층이 가장 재미있었다. 미니 스탠드도 좋았고 다양한 색깔의 수입 볼펜도 좋았다. 미루는 투명 브래지어 끈을 유심히 살폈다. 학교에선 브래지어 끈이 보이면 창녀라고 불렸다. 너는 같은 반 아이가 학생지도부 선생님에게 등짝을 맞던 장면을 떠올렸다. 너는 브래지어를 착용하기 시작한 지 얼마 되지 않아서 불편했다. 몸에 맞게 어깨끈을 조절하는 일조차 어색했지만 창녀라고 불리지 않기 위해서는 옷을 잘 여며야만 했다. 여자중학교에서 그런 건 특별한 일이 아니었다.

너는 미루가 집어든 투명 브래지어 끈이 정말 괜찮은 물건이라고 생각했다. 미루와 같은 시간 동안 같은 곳을 둘러보았는데 왜 나는 저런 물건을 찾아내지 못했지. 너는 초조했다. 미루가 손바닥만한 팩에 포장된 그 물건을 들여다보는 동안 너는 미루가 생각지도 못한 '괜찮은 물건'을 찾기 위해 애썼다.

미루와 조금 떨어진 화장품 코너에서 너는 립글로스를 발견했다. 반짝거리는 펄이 들어 있어 조금만 발라도 입술이 반들거렸다. 상큼한 과일향도 마음에 들었다. 너에게도 없는 물건이었지만, 미루에게도 없는 물건이라 확신했다. 너는 두 개를 훔치기로 마음먹었다. 하나는 오렌지향, 다른 하나는 딸기향이었다.

고개를 숙인 채 곁눈질로 주위를 살폈다. 손바닥에서 땀이 배어나왔다. 주먹을 쥐듯 손을 가볍게 움켜쥐었다 다시 펴기를 서너 번 반복했다. 그래도 긴장이 쉽게 풀리지 않았다. 네 가까이에는 두 명의 여자가 서 있었다. 애써 고개를 들지 않아도 알 수 있었다. 각자 쇼핑을 하느라고 너에게는 관심이 없었다. 이번에는 고개를 들어 카운터 쪽을 살폈다. 점원은 계산을 하느라고 정신이 없었다. 너는 원을 그리듯 조심스레 주변을 살폈다. 빨간 앞치마를 맨 아르바이트생이 한 명 보였다. 아르바이트생은 어렸고, 무엇보다 지루해 보였다. 시종 하품을 하면서 비스듬히 서 있는 게 고작이었다.

너는 카운터에 있는 점원에게 등을 돌린 채 테스트하듯 립글로스를 만지작댔다. 아무도 너에게 관심이 없었다. 너는 립글로스두 개를 한 손에 말아 쥐고 재빨리 교복 치마 주머니에 집어넣었다. 무척 빠른 동작이라 아무도 제대로 보지 못했을 거라고 스스로를 칭찬했다. 뒤를 돌아보자 미루가 카운터를 지나 출입문 쪽으로 향하고 있었다. 미루는 너를 찾는 듯 둘러보다 눈이 마주치자손을 높게 들어 흔들었다. 너는 태연한 표정으로 미루와 함께 밖으로 나갔다.

한참 동안 너는 아무 말도 하지 않았다. 미루도 마찬가지였다. 문구용품점이 있는 큰 사거리를 지나 골목으로 완전히 꺾어 들어갈 때까지 그 누구도 말을 하지 않았다. 숨이 찼다. 골목 안에 다다라서야 너는 빠르게 걷던 걸음을 멈추었다. 긴장이 풀렸다. 긴한숨을 내쉬었다. 미루가 키득거렸다. 너는 자랑스레 주머니에서립글로스 두 개를 꺼내 보였다.

대단한데.

미루가 웃으며 말했다.

네 것도 보여줘.

무슨?

미루가 너의 말에 눈을 동그랗게 떴다.

아까 그거.

너는 미루의 주머니를 가리켰다. 미루는 주머니에 손을 넣었다

빼며 빈손을 펼쳐 보였다.

아무것도 없어.

미루가 양손을 털어내듯 흔들며 웃어 보였다.

진짜 훔쳤어?

미루의 말에 너는 당황했다. 미루가 말했다.

난 아무것도 훔치지 않았어. 단 한 번도 훔쳐본 적이 없는걸.

미안한 듯 주저하며 미루가 말했다.

농담이었어.

너는 미루의 얼굴을 쳐다보았다. 미루는 너를 향해 선량하게 웃었다. 모욕을 당한 기분이었다. 너는 천천히 립글로스를 주머니에 넣었다. 그러고 난 후 미루를 향해 멋쩍게 웃었다.

나도 농담이었어.

네가 덧붙이듯 작은 목소리로 중얼거렸지만 미루는 그 말을 듣지 못했다.

한낮에 교복 차림의 여중생이 갈 만한 데는 없었다. 너와 미루는 근처 공원에 앉아 있기로 했다. 그 공원은 네가 사는 도시 한가운데 불쑥 솟아나 있는 것처럼 보였다. 과거에 국가부채를 갚으려던 운동을 기리는 곳이라고 했다. 운동은 어떻게 됐나. 배운 것 같기는 한데 딱히 기억이 나지는 않았다. 너와 미루는 아무데나 걸터앉아 시시껄렁한 이야기를 주고받았다.

저길 봐봐.

미루가 턱짓으로 너의 어깨 너머를 가리켰다. 돌아보니 분수대 너머 공터에 투명한 플라스틱 모금함을 중심으로 현수막이 너풀거리고 있었다. 길쭉한 모금함에 금붙이 같은 것들이 절반쯤 차 있었다. 사람들이 모금함 주변으로 모여들었다. 공터가 아까보다 소란스러워졌다. 너는 인상을 찌푸렸다.

촬영도 한다.

그 말에 너는 주위를 둘러보았다. 얼핏 카메라가 보이긴 했지만 기대한 만큼의 대형 방송 장비는 아니었다.

우리 엄마도 냈다더라.

미루가 말했다. 햇살이 무척 따가웠다. 정수리가 뜨끈해졌다. 너의 엄마에게는 기부할 금붙이가 있을 리 없었다. 너는 그 사실을 듣기고 싶지 않았다. 대신 너는 이상하다고 말했다. 말해놓고도 너는 무척 놀랐다. 너는 애국심이나 정의 같은 말들에 대해 생각해본 적이 없었다. 너는 배운 대로만 생각했다. 그러니까 그때 네가 내뱉은 말은, 네가 배워왔던 생각이 아니었다.

잘못한 사람이 책임을 져야지.

너는 단호한 어투로 말했다. 말하면 말할수록 그 말이 그럴듯하게 여겨졌다. 미루는 아무 말도 하지 않았다. 가늠할 수 없는 표정이었다. 한낮의 햇살이 금처럼 눈부셨다. 마이크 소리가 공원 전체로 번져나갔다. 분수대에서 뿜어져 나온 물이 너의 얼굴에 튀었다.

미루의 핸드폰이 울렸다. 미루는 문자 메시지를 확인하고는 한

동안 핸드폰만 들여다보았다. 마이크를 잡은 진행자의 목소리가 점점 커졌다. 해가 질 때까지 모금 행사를 하겠다고 했다. 너는 할 일이 없어 주머니에 든 립글로스만 만지작거렸다. 그때 미루가 갑자기 일어나더니 치마의 허리 부분을 말아올렸다. 흰 허벅지가 드러났다. 부쩍 살이 찐 미루의 허벅지에는 살이 튼 자국이 실금처럼 나 있었다. 너는 미루의 허벅지를 쳐다보았다. 정작 미루는 자신의 몸에 대해 무감각해 보였다.

벌써 집에 갈 수는 없잖아.

미루가 말했다. 그 말이 너에게 한 말인지, 핸드폰 너머에 있는 누군가에게 한 말인지 헷갈렸다. 미루가 고개를 들고 너를 쳐다보았다. 그제야 너도 미루처럼 치마를 말아올렸다. 너의 허벅지도 훤하게 드러났다. 너는 부끄러움을 내색하지 않았다. 미루는 만족스러워 보였다.

친구도 데려오라고 했어.

미루가 핸드폰을 만지작거리며 말했다. 며칠 전 채팅으로 알게 되었는데, 근처 남자중학교에 다니는 동급생이라고 했다. 너는 미루와 달리 누군가를 사귀어본 적이 없었다. 너는 긴장되었지만 애써 태연한 척 어깨를 으쓱거렸다.

미루는 사귀는 사람이 있었다. 상대를 애인이라고 불렀는데, 그게 얼마나 무거운 단어인지 그때는 미처 몰랐다. 미루는 '애인'이라는 말을 남발했고, 또 남발하는 만큼 헤펐다. 지금 만나고 있는 애인은 미루보다 한 학년 어렸지만 훨씬 키가 컸다. 여자애치고 낮은 목소리가 '그쪽'에선 꽤 인기가 있다고도 했다. 너는 그애를 비롯해 미루의 전 애인들을 몇 번 본 적이 있었다. 미루는 너에게 애인을 소개해주는 일을 즐겼다.

너는 미루를 대단하다 여겼다. 특별하다는 건 좋은 것이라 믿었기 때문이다. 미루가 레즈비언이나 이반 같은 말들을 입 밖으로 내뱉을 때마다 너는 빳빳하게 긴장했다. 누가 들을까봐 겁내면서도, 누군가 듣길 바랐다. 그런 말들은 너의 규칙을 아득히 넘어서서, 너에게 굉장하게 느껴졌다. 미루가 애인에 대해 자랑할 때 너는 미루에게 섹스를 한 적이 있냐고 물었다. 미루는 고개를 끄덕였다. 어떻게 하느냐는 질문은 하지 못했다. 그래도 이따금 너는 미루가 처녀인지 궁금했다.

방송용 카메라가 늘어났다. 핸드폰을 확인하던 미루가 벌떡 일어났다. 단추로 여민 블라우스의 가슴께가 미어질 듯 팽팽해져 있었다. 미루는 눈치채지 못했다. 너는 아무 말도 하지 않았다. 남학생들은 '헌혈의 집' 근처에 있다고 했다. 너는 엉덩이를 털고 일어났다. 흙먼지가 희미하게 피어올랐다. 너와 미루는 천천히 걷기 시작했다. 진행자는 비슷비슷한 말을 반복했다. 사람들은 여전히 카메라 앞에 줄지어 서 있었다. 모금함을 지나치며 너는 카메라에 얼굴이 찍힐까봐 고개를 푹 숙였다.

남학생 두 명이 서 있는 게 보였다. 너와 미루는 멀찍이 서서 두 사람을 살폈다. 얼굴이 자세히 보이지는 않았지만 한 명은 모자를 썼고 다른 한 명은 뚱뚱했다. 둘 다 키가 작았다. 너와 미루는 서로 툭툭 치며 눈치를 줬다. 모자가 핸드폰을 만지작거렸다. 금세 미루의 핸드폰으로 문자 메시지가 들어왔다. 미루는 확인하지 않은 채 핸드폰을 손에 쥐고만 있었다. 모자가 너와 미루를 발견한 듯 뚱보를 툭툭 쳐댔다. 너희는 시치미를 떼고 천천히 걸었다. 모자가 뚱보를 향해 눈앞에 양손을 동그랗게 말아 갖다대는 자세를 취했다. 그 순간 너는 너의 귓가에 대고 누군가가 안경잡이, 하고 소리친 것만 같았다. 너는 떨리는 손으로 안경을 치켜올렸다. 곧장 가면 남학생들을 만날 수 있었지만 너는 그러고 싶지 않았다. 미루도 마찬가지였다. 뚱보가 너와 미루를 가리키며 낄낄거렸다. 너희는 옆길로 빠졌다. 미루의 핸드폰이 계속해서 울려댔다. 미루는 확인하지 않았다.

치마 주머니에 집어넣은 립글로스 두 개가 너의 허벅지를 번갈아 찔러댔다. 미루는 나지막하게 못생겼더라고 말했다. 화가 나 보였다. 미루는 그 남학생과 며칠 동안 주고받은 문자 메시지를 모두 삭제했다. 너는 그 옆에서 메시지를 흘긋 훔쳐보았다.

남학생들을 피해 다른 출입구로 나온 너와 미루는 무작정 돌아다녔다. 군것질을 하며 돌아다니다보니 금세 늦은 오후였다. 이제 너의 교복은 그리 눈에 띄지 않았다. 더는 거리낄 게 없었다. 그동안 미루의 핸드폰은 두어 번 더 울리다 그쳤다. 미루는 핸드폰을 꺼내들어 너와 얼굴을 맞댄 채 액정 화면을 들여다보았다. 남학생들이 보낸 문자 메시지가 적혀 있었다.

씨발년들

흰 액정 화면에 쓰인 검은 글씨가 유난히 단정했다. 미루와 너는 웃기 시작했다. 처음에는 피식거리다가 나중에는 배를 잡고 웃었다. 사람들이 너와 미루를 힐긋거렸지만 개의치 않았다. 너는 창녀라도 된 것 같은 기분이 들었다. 남자 경험은커녕 남자를 사귀어본 적도 없는 너에게 '씨발년'은 완벽한 농담이었다. 너는 기분이 좋았다. 미루는 그렇지 않았을지도 몰랐다. 너는 미루에게도 씨발년이 완벽한 농담인지 궁금했다.

미루와 다시 공원으로 되돌아왔다. 공원을 가로지르니 진행자의 목소리가 여전히 들려왔다. 목소리는 높고 카랑카랑했다. 사람들은 길게 줄을 서 있었고, 카메라는 쉼없이 돌아갔다. 진행자는 마이크를 들고 끊임없이 말을 이었다. 진행자가 아니라 마이크가 말을 하는 것 같았다. 마이크 소리가 포자처럼 공원 구석구석에 내려앉았다. 너는 그 풍경들을 무심히 지나쳤다. 그때는 미처 몰랐다. 그런 목소리들이 아주 흔하게 들려오는 세계에 대해서. 그런 농도 짙은 농담들에 대해서. 몰라서 그때 무심할 수 있었다는 걸, 너는 오랜 시간이 지난 후에야 알게 된다.

미루와 헤어지는 갈림길에서 전봇대 아래 쓰레깃더미에 눈길이 갔다. 너는 계속 그것을 쳐다보았다. 이상하게 신경이 쓰였다. 미루와 인사를 한 뒤 너는 전봇대 쪽으로 천천히 다가갔다. 쓰레깃더미 아래쪽에 검은 비닐봉지가 뭉쳐져 있었다. 어스름이 깔리며 가로등이 하나씩 켜지기 시작했다. 뭉개지듯 처박힌 검은 비닐봉지가 아주 작게 움직였다. 희미하게 고양이 울음소리 같은 게 들린다는 생각도 들었다. 너는 조금씩 다가갔다. 자세히 보아야만 움직이는 걸 알아챌 수 있을 정도로 움직임이 미세했기 때문에 너도 덩달아 조심스럽게 움직였다. 그러다 갑자기 너는 고개를 들고 주위를 살폈다. 몇 걸음 뒤에서 미루가 걸음을 멈춘 채 너를 쳐다보고 있었다. 미루와 눈이 마주쳤다. 너는 무척 놀랐다.

지금 무슨 소리 나지 않았어?

미루가 네게 물었다. 너는 긴장되었다. 손바닥에 땀이 축축하게 배어들었다. 곁눈질로 검은 비닐봉지를 쳐다보니 더이상 움직이지 않는 것 같았다. 미루가 계속 너를 바라보고 있었다. 너는 미루를 향해 고개를 저어 보였다.

아무 일도 없어.

미루는 가늠할 수 없는 표정으로 너를 한참이나 쳐다보았다. 어서 들어가라며 너는 미루를 채근했다. 미루가 골목 끝으로 사라지자 다시 희미한 울음소리가 들렸다. 입구가 단단히 묶인 비닐봉지는 작게 부풀었다가 이내 쪼그라들었다. 너는 아마 곧 멈출 것이라고 생각했다. 더 어두워지면 고양이들이 몰려올 것이었다. 고양이들의 한끼 식사로 사라져버릴지도 몰랐다. 너는 전봇대 앞에 쪼그리고 앉았다. 비닐봉지가 다시 한번 작게 부풀었다가 천천히 꺼져들었다. 비린내가 훅 하고 끼쳤다. 아랫배에 묵직한 통증이 느껴졌다.

너는 현관문에 바짝 붙어 귀를 기울였다. 기척은 없었다. 마음이 놓였다. 그들은 여학생이 있는 집이라면 빠짐없이 들를 것이다. 너는 미루의 집에도 경찰이 들렀을지 궁금했다. 남자친구가 있느냐는 질문에 미루는 뭐라고 대답했을까. 핸드폰을 꺼내들었다 이내 다시 내려놓았다. 여전히 미루에게서는 연락이 없었다.

너는 다시 텔레비전 앞에 앉았다. 뉴스는 누가 죽었고 누가 실종되었는지, 누가 죽였고 누가 살아남았는지 말하고 있었다. 부서진 비행기 파편 위로 탑승자 명단이 빼곡하게 겹쳐졌다. 번화가의 술집 화장실은 선명한 핏자국이 그대로 드러난 채 화면에 잡혔다. 금세 다른 화면으로 넘어갔고 국제통화기금이나 경제 위기 같은 말들이 이어졌다. 너와는 상관없는 일이었다. 문득 시끄럽다는 생각이 들었다. 채널을 돌리고 싶었지만 리모컨을 찾지 못해 그냥 켜두었다. 사건을 보도하고 있는 기자는 왠지 흥분한 것 같았다. 어제 공원에서 들은 진행자의 목소리와 비슷하다고 너는 생각했다. 마이크를 통해 울리는 목소리들은 모두 그게 그거 같다는 생각을 했지만, 너는 이내 잊었다.

지난주에는 가까운 곳에서 사람이 죽었다. 슈퍼 앞 사거리였다. 시체는 볼 수 없었다. 너는 일찍 치워진 남자의 시체에 대해 두고 두고 생각했다. 머리가 박살났지만 한동안은 가쁜 숨을 내쉬었을 어떤 남자를. 다음날, 너는 슈퍼 앞을 지나가며 바닥의 핏자국을 유심히 살폈다. 생각보다 핏자국은 크지 않았다. 사람이 죽어가며 흘리는 피가 그리 많지 않다는 걸 너는 그때 처음 알았다. 경찰은 부서진 머리보다는 머리를 무엇으로 부수었는지를 더 궁금해했다. 이웃들은 남자의 신원보다는 범인을 더 알고 싶어했다. 죽은 남자에 대해서 생각하는 사람은 너밖에 없었다. 특별하다는 생각이 들었다. 쓰레깃더미에서 낡은 지갑을 주웠다는 말은 누구에게도 하지 않았다.

닫힌 방문을 쳐다보았다. 무슨 소리가 난 것 같은 기분에 너는 귀를 기울였다. 한참이나 집중했지만 어떤 소리도 찾아내지 못했다. 시계 소리만 유난히 크게 들려왔다. 문득 다시 아랫배에 묵직한 통증이 느껴졌다. 너는 손바닥으로 아랫배를 천천히 쓸어내렸다.

노크 소리는 갑자기 들이닥쳤다. 반사적으로 텔레비전을 껐다.

누구세요.

네 목소리는 문밖으로 넘어가지 않을 만큼 작았지만 대답은 정확하게 들려왔다. 너는 조심스레 문을 열었다.

하루에 두 번 오는 일이 흔하진 않은데.

검은 점퍼가 머쓱한 듯 웃으며 말했다. 뒤에 따라온 제복이 너를 향해 예의 그 부드러운 미소를 지어 보였다. 꽤 잘생긴 편이라는 생각이 그제야 들었다. 검은 점퍼가 말을 이었다.

이번에는 자살 사건이야. 같은 교복이라 네가 제일 먼저 떠올랐지.

그는 너의 몸을 아래위로 훑었다. 너도 시선을 내려 네 옷차림을 살폈다. 여전히 교복 차림이었다. 너는 살짝 벌어진 블라우스 앞섶과 치마 길이를 확인했다.

이거 정식 취조 아니잖아요.

너는 입꼬리를 올리며 장난스럽게 대꾸했다.

쉽게 생각해.

어떻게요?

그가 너에게 사진 한 장을 내밀었다.

아는 거 있니?

글쎄요.

너는 미소를 지었다. 문득 주위가 무척 조용하다는 생각이 들었다. 텔레비전을 끈 너의 집은 숨소리조차 거슬릴 만큼 조용했다. 그 사실을 알아채니 갑자기 몸이 뻣뻣하게 굳는 것 같았다. 너는 괜히 헛기침을 했다. 검은 점퍼가 집안으로 고개를 들이밀었다.

아무도 없니?

그건 왜요?

너는 잔뜩 긴장한 채 되물었다.

할말 없어요.

너는 현관문 손잡이를 움켜쥐며 그를 밀어냈다. 검은 점퍼가 돌아가려다 말고 현관문을 세게 잡아당겼다. 너는 그를 밀어내고 문을 닫고 싶었지만 힘을 이길 수가 없었다. 다시 배가 아파왔다.

무슨 냄새가 나는데.

검은 점퍼가 코를 킁킁거렸다. 너는 그가 네 방문 쪽을 유심히 살피는 것을 알아차릴 수 있었다. 마른침을 삼켰다.

불법이에요.

너는 신경질적으로 쏘아붙였다. 그들은 너의 말에 피식 웃었다.

그래. 알았다.

검은 점퍼는 어깨를 으쓱거렸다. 그들이 골목으로 완전히 사라지는 모습을 지켜본 다음에야 너는 현관문을 닫았다. 버튼을 눌러서 잠그고 걸쇠도 걸었다. 그래도 안심이 되지 않아 너는 문고리를 여러 번 돌리고 밀어보았다. 제대로 잠겨 있었다. 그제야 너는 쓰러지듯 현관 앞에 주저앉았다. 아랫배가 욱신거렸고 비린내가 훅 끼쳤다. 너는 아랫배를 움켜쥔 채 몸을 작게 웅크렸다. 벌레 같았다. 훔친 립글로스가 주머니 속에서 너의 허벅지를 찔렀다.

너는 경찰이 보여준 사진을 떠올렸다. 같은 모양의 교복이었다. 이 동네에 모여 있는 여학교들의 교복은 거기서 거기였다. 외부인이 볼 때는 구분하기 쉽지 않았다. 거기까지 생각이 미치자 너는 처음으로 동네를 벗어나야겠다는 생각이 들었다. 그들은 너에게 교내에 떠도는 소문이나 의심 가는 학생이 있는지 물었다. 다시 말하자면 누가 창녀고 누가 걸레인지. 소문은 여학교일수록 빠르니까. 둘 중 누군가가 덧붙여 말했지만 구분되지 않았다.

여학생은 목을 맸다고 했다. 옷걸이로 목을 맬 수도 있다는 걸 너는 그때 처음 알았다. 출산의 흔적이 보인다고도 했다. 너는 너와 똑같은 교복 치마를 입은 여학생의 가랑이에 코를 박고 있는 경찰의 얼굴을 상상했다. 부검이 경찰의 역할이 아니라는 걸 알고 있었지만, 너의 상상은 거리낌이 없었다. 경찰의 어깨에 걸쳐진 흰 다리가 조금씩 흔들렸다. 앳된 경찰의 코가 어디쯤에 닿아 있는지 구체적으로 떠올렸다. 교복 치마가 한껏 들춰진 채였다. 너는 아랫배를 손바닥으로 천천히 쓸어내렸다. 얼굴이 붉었다.

너는 이 일 또한 뉴스에 나오지 않을 거라는 걸 알고 있었다. 사람이 죽는 건 흔한 일이고 강간은 더 흔했다. 이 동네에서 그런 건 전혀 새롭지 않았다. 너는 조용한 텔레비전을 가만히 쳐다보았다.

다시 아랫배에 통증이 느껴졌다. 사타구니가 찜찜했다. 갑자기 어떤 생각이 스치고 지나갔다. 너는 몸을 일으켜 네 방으로 향했다. 조심스레 문고리를 움켜쥐었다. 문은 쉽게 열렸다. 애초에 잠근 적이 없었지만 쉽게 열리는 문이 낯설었다. 방에 들어선 후 문을 닫았다. 어두컴컴했다. 벽을 더듬거려 스위치를 찾았다. 불 켜진 방에서는 쿰쿰한 냄새가 났다. 정면으로 커다란 책상이 보였다. 너는 책상에 달린 서랍장 쪽으로 다가갔다. 맨 아래 서랍을 열자 비릿한 냄새와 먼지 냄새가 동시에 피어올랐다. 너는 아까부터 너의 허벅지를 찌르던 립글로스를 꺼내 서랍 안에 던지듯이 집어넣었다.

아랫배가 심하게 아파왔다. 돌덩이라도 들어 있는 것처럼 묵직하고 기분 나쁜 통증이었다. 너는 옷걸이에 목을 집어넣고 올라선 의자를 힘겹게 차내는 발끝을 상상했다. 하얗고 통통한 발가락들이었다. 보드라운 발톱은 충분히 여려 보였다. 마지막으로 토해낸 호흡 때문에 그 몸은 단단히 묶인 비닐봉지처럼 한껏 부풀었다 꺼져들었다. 너는 어렵지 않게 그 모든 걸 상상할 수 있었다. 아랫배가 빵빵하게 부풀어오르는 듯한 착각이 들었다. 너는 선 채 치마 밑으로 손을 넣어 팬티를 끌어내렸다. 무릎 사이에 걸린 팬티에 짙은 얼룩이 묻어 있었다.

너는 가만히 얼룩을 응시했다. 초경이었다. 어떤 시기가 지났고, 또다른 시기가 다가오고 있다는 걸 너는 알았다. 그건 멋진 일이었다. 너는 다시 서랍을 열어 립글로스를 꺼내들었다. 천천히 입술에 펴 발랐다. 인공적인 과일향이 역하게 느껴졌다. 너는 립글로스를 서랍 안에 넣고 단단히 닫았다.

그후로 몇 년간, 너는 그 서랍을 연 적이 없다. 오랜 시간이 흘러 다시 확인했을 때 립글로스는 보이지 않았다. 물건들은 저절로 사라지기도 하니까 새삼스럽지는 않았다. 시간이 더 지난 후에 너는 우연히 문구용품점을 지나게 된다. 정확히는 그 문구용품점이 있던 자리이다. 몇 년 사이 문구용품점은 사라지고 은행이 생겼다. 너는 그 앞에 서서 립글로스 값인 삼천원에 이자를 열 배쯤 쳐서 셈해본다. 너는 지갑에서 삼만원을 꺼내 세어본다. 그러나 삼만원을 전달하는 방법을 알지 못한다. 설령 삼만원을 전달한다 하더라도 그날 네가 잃은 것을 되찾을 수는 없다. 그런 생각들은 저절로 사라지지 않는다. 그런 걸 그땐 미처 알지 못한다.

*

라식 수술을 했다. 의사는 당분간 무언가를 보려 노력하지 말라고 했다. 너는 그 말이 잘 이해가 되지 않았지만 고개를 끄덕였다. 집에서 할일은 별로 없었다. 습관처럼 켜놓은 텔레비전에서 익숙한 사건을 보도했다. 너는 화장실을 가려다 말고 텔레비전 앞에 앉았다. 오래전 술집 화장실에서 남자를 피살한 사건의 유력 용의자가 한국으로 돌아왔다고 했다. 미국인 용의자의 얼굴이 한참 동안 화면에 잡혔다. 오래된 기억이 떠올랐다.

중학교 시절의 어느 날이었다. 그때 생각과 달리 너는 이 동네를 벗어나지 못했다. 여전히 같은 동네에서 살았고 이웃들은 모두 너를 알아보았다. 너는 비슷비슷한 교복을 입고 비슷비슷한 동네에 사는 아이들과 몇 년을 보냈다. 다른 기억은 놀랄 만큼 아무것도 없었다. 미루 말고는 떠오르는 친구조차 없었다. 이따금 너는 엄마에게 미루에 대해서 물었다. 엄마는 미루를 상상 친구쯤으로 치부했다. 언젠가부터 너는 아무것도 묻지 않았다. 할 수 있는 게 아무것도 없다는 것도 그때 알았다. 더 시간이 지나면 그런 걸 궁금해했다는 기억조차 잊을 것이다.

너는 눈을 비비려다 말고 깜짝 놀라며 다시 손을 내려놓았다. 몸이 기억하는 습관이라는 건 힘이 셌다. 너는 얼굴을 더듬어 보호안경이 제대로 붙어 있는지 확인했다. 잘 보이지 않는 상태에서 혼자 있으니 어릴 때가 생각났다. 어릴 때와 마찬가지로 엄마는 여전히 자주 집을 비웠다. 그때와 달리 이제 너는 집을 혼자 지키는 게 무섭지 않았다.

할머니는 아직도 죽지 않았다. 할머니는 아무도 웃지 않을 농담을 하며 엄마를 불러들였다. 엄마는 여전히 선량한 사람이다. 너 또한 엄마처럼 선량한 사람으로 살아가고 있다.

습관처럼 뉴스를 틀어두지만 언제나 그렇듯 새로운 건 없었다. 세상의 다른 편에서는 여전히 비행기가 추락하거나 배가 가라앉았다. 너는 그 모든 일이 전혀 새롭지 않았다. 그 모든 일은 언젠가 일어났던 일이며 앞으로 일어날 일이었다. 반복되는 뉴스라는 게 굉장한 농담 같았다. 너는 뿌연 눈으로 뉴스를 지켜보다 이내 자리에서 일어났다. 텔레비전을 그대로 틀어놓은 채 화장실로 향했다.

돌아온 용의자가 범인이 맞을까. 범인은 누굴까. 너는 아무도 대답하지 않을 질문을 떠올렸다가 이내 잊었다. 오래전의 사나운 사건들 속에서도 범인에 대한 기억은 남아 있지 않았다. 엄마는 너의 기억이 틀렸다고 말했다. 자살한 건 여학생이 아니라 남학생이었으며, 버려진 영아 시체는 훼손되었지만 금방 찾아냈다고 했다. 아기의 엄마는 자수했고, 경찰의 탐문수사 같은 건 없었다고 했다. 남자의 머리가 부서져 죽은 사건 같은 것도 일어나지 않았다고 했다. 너는 아무 대답도 하지 않았다. 가끔은 고개를 끄덕이기도 했다. 때로는 이야기하지 않는 편이 좋았다. 무엇인가 이야기하고 싶을 때는 농담을 떠올렸다.

너의 머릿속은 이내 다른 걱정들로 채워졌다. 내일은 오늘보다 좀더 잘 보일까. 언제쯤이면 모든 것이 제대로 보일까. 잘 보일 수 있을까. 당장 눈앞에 보이는 뿌연 장막은 좀체 걷어지지 않는데 곧 선명히 보이게 된다는 의사의 말을 믿어도 되는 걸까. 너는 시시한 농담보다 그런 걸 더욱 오랫동안 기억한다.

뉴스는 오래된 목소리로 끊임없이 사건들을 되새겼다. 사람은 매일 죽었고, 시위는 계속되었다. 너의 오줌 소리와 동시에 화면 속 누군가가 물대포를 쏘았다. 어딘가에서 누군가는 또 죽었다. 너는 피식거리며 작게 웃었다. 뒤이어 경제성장률이니 물가니 하는 소리가 반복되었다. 오래전에 보았던 뉴스와 다를 바가 없다는 생각이 문득 들었지만, 너는 그런 생각을 했다는 사실조차 쉽게 잊었다. 농담은 쉽게 잊히기 마련이다.

　이따금 생각한다. 그때 죽었어야 하는 건 네가 아닐까 하고. 그럴 땐 아주 재미있는 농담을 들은 것처럼 즐거워진다. 어쩌면 농담을 들었으니 즐거워야 한다는 의무가 있는지도 모른다. 곧 너는 그런 농담을 떠올렸다는 기억조차 잊는다.

모두의 친절

*

옆집 언니가 문을 두드린 건 이른 아침이었어요. 평소보다는 조심스러운 목소리라는 생각이 들었어요. 하지만 어디까지나 주관적인 생각이기 때문에 진실이 어떤지는 모르겠어요. 어쨌든 이른 아침이었지만 사실은 그 전날과 다름없는 시간이었죠. 노크해도 되는 시간은 정해져 있으니까요.

편의상 옆집 언니라고 부르지만 사실 바로 옆집은 아니에요. 내가 살고 있는 집은 다세대주택이고 복도식으로 되어 있어서 한 층에 서너 가구가 있어요. 언니와 내가 살고 있는 층은 꼭대기인 사층이었지만 오층이었어요. 이렇게밖에 말하지 못하는 사정을 이해해주세요. 실제로는 사층인데 행정상은 오층이라고 불리는 이상한 관습은 내가 어쩔 수 있는 게 아닌걸요. 어쨌든 언니는 옆옆집에 살고 있었어요. 계단 바로 옆이 내 집이었고, 가운데가 또다른 사람의 집, 그리고 마지막 끝이 언니의 집이었어요.

이사온 지 얼마 되지 않았지만 나는 언니와 빠르게 친해졌어요. 살다보면 그럴 때가 있잖아요. 마치 아주 어릴 때로 돌아간 것처럼 아무 조건도 따지지 않고 깊이 친해지는 일 말이에요. 언니와 내가 딱 그랬어요. 언니와 나는 너무 잘 맞았어요.

지난밤 전까지는요.

이 주일쯤 전인가요. 언니가 내게 아이를 맡기기 시작했어요. 어수선한 시국이잖아요. 아이를 보내던 어린이집은 문을 닫아버렸는데 언니의 직장은 재택근무를 허락하지 않았대요. 재택근무를 하는 내가 언니를 위한 시간을 낸 건 선량한 호의였어요. 물론 쉬운 일은 아니었지만 언니를 위해 친절을 베풀었던 거죠. 나와 언니는 그래도 되는 사이니까요. 언니도 내가 더 믿음직스러웠을 거예요. 그래서 언니는 긴급 보육 프로그램을 하는 어린이집에 아이를 보내는 대신에 매일 아침 내 집 문을 두드리는 쪽을 선택한 거죠. 언니가 말하지 않아도 나는 다 알아요.

아이는 여섯 살 남자아이였어요. 아이를 키워본 적 없는 내게 그애를 돌보는 일은 쉽지 않았지만 그렇다고 또 못할 일은 아니더라고요. 더구나 아이가 나를 꽤 좋아하는 편이었기 때문에 나는 상황을 기꺼이 감수하기로 했죠. 나를 향한 어린아이의 호감을 거절하는 게 꽤 불편한 일이기도 했고요.

좋은 게 좋은 거지.

우리 엄마의 말버릇이었어요. 첫날 아침 여덟시에 아이 손을 잡고 현관문 앞에 선 언니는 꽤 쭈뼛거리고 있었어요. 아마 미안해서였겠죠. 언니가 쭈뼛대니 아이도 긴장하고 있는 것처럼 보였어요. 미안해서 어쩔 줄 몰라하는 언니에게 나는 우리 엄마와 똑같이 말해줬어요.

"좋은 게 좋은 거죠. 괜찮아요."

언니는 내 말에 꽤 마음이 놓인 것처럼 보였어요. 그뒤 언니는 점점 더 편하게 내게 아이를 맡겼고 나는 그런 언니를 이해했어요.

문제는 어젯밤이었어요.

지난밤, 직장으로부터 급한 회의가 잡혔다는 연락을 받았어요. 갑작스러웠죠. 재택근무중이라 화상회의로 진행되지만 이른 아침에 시작될 예정이었고 매우 중요한 회의여서 여섯 살짜리 사내아이를 집에 들이기는 좀 곤란했어요.

이런 이야기는 전화로 하는 것보다는 역시 얼굴을 보며 하는 게 낫겠다는 생각이 들더라고요. 이웃끼리 돕기도 하고, 어려운 일 있으면 사정을 봐줄 수도 있는 거 아니겠어요. 좋은 게 좋은 거죠. 내가 언니를 이해하는 만큼 언니도 나를 이해할 거라고 생각했어요. 자정에 가까운 늦은 시간이었지만 나는 언니 집의 현관문을 두드렸어요. 화장기를 지워 말간 언니의 얼굴이 문틈으로 드러났어요.

"그걸 왜 이제 얘기해?"

언니가 내게 말했어요. 순간 당황해서 말문이 턱 막히더라고요.

"아니, 더 일찍 얘기해줘야 내가 친정 엄마한테 맡길 거 아니야. 이 시간에 나더러 뭘 어쩌라는 거야."

언니는 내게 짜증을 냈어요. 이게 정말 내가 미안해야 할 일인가, 미안해야 할 일인데 내가 염치가 없는 것인가 헷갈리기 시작했어요. 어버버하는 사이 언니가 현관문을 닫고 들어가버리더라고요. 쿵, 하는 소리만 빈 복도에 맴돌았어요. 정신을 차려보니 나는 언니에게 말대답 한 번 못하고 복도에 덩그러니 서 있지 뭐예요.

그랬던 언니가 아침에 내 집 현관문을 두드렸던 거예요. 나는 노크 소리만 들어도 언니인지 아니면 아이인지 다 알거든요. 아이를 내게 맡기기 시작한 이후부터 매일 들었으니까요. 초반에는 언니가 아침저녁으로 드나들더니 나중에는 아침에 직접 아이를 데려오기가 여의치 않은지 아이 혼자 현관문을 두드리더라고요. 언니는 퇴근길에만 들러 아이를 데리고 가고요. 하긴, 언니 집에서 내 집까지 몇 걸음이나 된다고. 그럴 수 있어요. 나는 언니를 이해했어요.

나는 힘이 약한 어설픈 노크 소리에 점점 익숙해졌어요. 문을 열면 아이는 두껍게 눈곱이 낀 눈으로 나를 올려다봐요. 나는 아이를 안에 들이고 세수를 시키죠. 아이는 물이 차갑다고 칭얼대지만 잠이 깨는 데엔 찬물이 좋은걸요. 나는 찬물로 아이 얼굴을 조금 거칠게 훔쳐내요. 장난기어린 내 태도에 아이는 이내 찬물을 받아들여요. 찬물 때문인지 아이가 눈두덩과 코끝이 빨개진 채로 고개를 들면 나도 모르게 아이를 꼭 끌어안게 되더라고요. 아이는 품안에서 숨을 얕게 몰아쉬어요. 아이의 얼굴에서 스며 나오는 냉기가 가슴께에 간질간질하게 느껴져요. 아이를 키워본 적은 없지만, 그럴 땐 정말 내 새끼 같더라고요. 언니의 아이면 내 아이라고 봐도 되지 않을까요.

어쨌든 현관문 밖에서 나는 소리는 아이를 데리고 온 언니의 기척이 틀림없었어요. 나는 지난밤 내가 덩그러니 서 있던 복도의 공기를 떠올렸어요. 언니에게 조금 서운하다는 생각이 들기도 해서 짐짓 모른 척, 누구세요, 라고 말했어요. 말은 그렇게 하면서도 나는 대답을 듣기도 전에 습관적으로 문을 열어버렸어요.

언니는 미안한 표정으로 아이 손을 잡고 서 있었어요. 나는 언니가 꽤 조심스러워하고 있다고 생각했어요. 이 아침에 어디서 구해왔는지 아이의 작은 품에는 선물용 마카롱 세트가 안겨 있었어요.

"진짜 급해서 그래."

언니는 멋쩍은 표정으로 아이를 현관문 안으로 들이밀었어요. 마카롱 세트와 아이가 한꺼번에 밀려들었어요. 아이를 들이미는 건지 마카롱을 들이미는 건지 헷갈릴 정도로 언니는 막무가내였어요.

아이를 맡기기 시작한 초반에 언니는 퇴근길마다 마카롱 같은 간식거리를 내게 쥐어주었어요. 그러더니 어느 순간부터는 당연한 듯 아이만 쏙 데리고 가더라고요. 나는 아이의 품에 안긴 마카롱 세트에 시선이 갔어요. 언니가 자주 사오던, 언니 회사 근처에 있는 마카롱 전문점의 것이었어요. 그래요. 바로 그런 마카롱 말이에요. 오늘 아침에 급히 사왔던 걸까요? 나는 마카롱이 꽤 반가웠어요.

하지만 아무리 언니가 부탁해도 안 되는 건 안 되는 거죠. 회의 시간이 다가오고 있는걸요. 나는 미안하지만 안 된다고 말하며 아이와 마카롱 세트를 함께 현관문 밖으로 내보냈어요. 사실 말하면서도 이게 정말 내가 미안해야 할 일인가 싶었지만 또 한편으로 언니의 절박한 표정을 보면 내가 미안해야 할 일 같기도 했어요. 언니와 실랑이를 하는 내내 몇 번이나 미안하다고 말하고 나니 나중엔 정말로 내가 미안한 일을 한 것 같더라고요.

언니와 아이를 돌려보낸 뒤에는 정신이 하나도 없었어요. 회의에 접속하는 것도 늦어버려서 나는 인터넷 상황이 안 좋다는 말을 변명처럼 애써 늘어놓아야만 했지 뭐예요. 아마 언니가 이 상황을 알게 되면 미안해할 거예요. 나는 언니를 이해하고, 언니를 이해하는 나 자신을 이해했어요.

*

"누구십니까."

도서관 입구에서 곤란해하는 원영을 발견한 건물 관리인이 낮은 목소리로 말했다.

"여기서 수업하는 강사인데요."

원영은 관리인의 얼굴을 쳐다보지도 않고 고개를 푹 숙인 채 계속해서 가방을 뒤졌다. 도서관은 출입증이 반드시 필요한데 모바일 출입증이 있는 핸드폰이 아무리 찾아도 보이지 않았다. 원영은 난감했다.

"그럼 신분증 좀 봅시다."

관리인이 원영에게 출입증 대신 신분증을 요구했다. 원영은 가방을 뒤지다 말고 관리인의 얼굴을 쳐다보았다. 도서관 안으로 들어갈 수 있는 방법이 점점 멀어지고 있다고 생각했다. 핸드폰 케이스에 카드를 넣어두기 시작한 뒤로 지갑을 가지고 다니지 않은 지 한참이었다. 그러니 신분증 역시 갖고 다니지 않았다. 중대한 범법 행위를 저지르지 않는 이상 신분증이 필요할 일도 없지 않은가. 술도 담배도 마음대로 살 수 있는 나이가 된 지 아득할 지

경인데.

"지금 몇시예요?"

원영은 관리인에게 시간을 물었다. 핸드폰이 없으니 시간조차 알 수가 없었다. 관리인은 자신의 핸드폰을 꺼내더니 정각에서 십 분이 지났다고 읊조리듯 말했다. 강의에 늦었다. 수강생들의 원성이 누적되면 다음 계약은 힘들어질지도 몰랐다.

하지만 어쨌든 그건 원영 개인의 사정이었다. 관리인은 곤란해 하는 원영을 보며 단호하게 말했다.

"규칙입니다."

어수선한 사회 분위기 속에 폐쇄되었던 도서관이 다시 개방된 지도 얼마 되지 않았다. 대신 신분 확인이 철저해졌다. 떼를 써볼까. 원영은 잠시 생각해보다가 이내 그런 생각을 떠올린 자신을 탓했다. 관리인까지 곤란하게 할 수는 없었다. 이건 책임의 문제였다.

문득 원영은 언젠가 인터넷에 떠돌았던 믿거나 말거나 식의 이야기가 생각났다. 어느 회사의 여직원이 고장난 화장실에 갇혔다는 얘기. 하필 연휴를 앞둔 시점이었고, 일주일간의 긴 휴가가 이어져서 건물 전체에 아무도 없었다는 얘기. 자칫하면 일주일간 갇힐 뻔했는데 경비 아저씨가 직원을 찾아내었다는 얘기. 매일 인사해주던 아가씨가 보이지 않길래 찾아 나섰다가 발견했다는 그런 얘기.

관리인의 얼굴을 보고 있으니 갑자기 떠오른 이야기였다. 원영

은 생각했다. 평소에 인사를 잘하고 다녔더라면 관리인은 한 번쯤
은 호의를 베풀어 규칙을 어기는 걸 봐줬을지도 모른다고. 이건
평소에 자신이 덜 친절했기 때문이다. 그러니 모두 자신의 책임이
되는 거라고 원영은 생각했다.

그때 뒤쪽에서 선생님, 하며 원영을 부르는 목소리가 들려왔다.
돌아보니 원영의 수업을 듣는 수강생이 서 있었다. 원영의 또래쯤
되어 보이는 여자로 매번 맨 뒷자리에 앉긴 하지만 한 번도 결석
한 적 없는 성실한 학생이었다. 여자는 관리인과도 눈인사를 주고
받았다.

"저희 수업의 강사님이세요."

여자는 눈치가 빨랐다. 관리인이나 원영에게 자초지종을 캐묻
지 않았다. 관리인은 여자의 말에 금세 출입구의 잠금장치를 해제
해주었다.

여자와 함께 도서관에 들어가면서 원영은 관리인에게 고개를
까닥이며 인사를 건넸지만 관리인은 원영을 보지 못한 듯했다. 원
영은 머쓱한 기분에 괜히 헛기침을 했다.

"지각이네요."

엘리베이터를 기다리다 원영이 말했다.

"죄송해요."

여자가 상냥하게 웃으며 사과했다. 원영 자신이 지각이라는 뜻

이었는데 수강생을 질책하는 것처럼 되어버렸다. 원영은 당황스러운 마음에 그런 게 아니라고 얼버무렸지만 여자는 원영의 말을 그다지 귀담아듣는 것 같지 않았다.

원영은 여자를 찬찬히 살펴보았다. 눈에 띄는 옷차림은 아니지만 늘 단정했고, 수업을 듣는 자세도 발랐다. 결석한 적은 없었지만 말수가 적어서 별로 이야기를 나누어본 적이 없었다. 꼬집어 말하긴 힘들지만, 어딘지 모르게 대하기 어려운 구석이 있었다. 단순히 낯을 가리는 것과는 달랐다. 여자는 상냥해 보이면서도 은근하게 불친절한 느낌이었다. 나이 차이가 무척 많이 나는 다른 수강생들과 달리 비슷한 연배라는 점도 대하기 애매한 요인이었다. 아예 늙거나 아예 어린 경우가 다루기엔 훨씬 쉬웠다. 원영은 비슷한 나이대의 수강생은 처음이라 더 불편하게 여겨지는 것이라고 생각했다.

갑자기 생리가 터졌다

원영은 생리가 터졌다, 라는 문장에 빨간 펜으로 밑줄을 긋고 한참 동안 생각했다. 이걸 틀렸다고 해야 되는 건지 판단이 잘 서지 않았다. 터지긴 뭘 터져. 아니, 오줌보가 터지다, 라는 표현도 있으니까 맞는다고 해야 하나? 원영은 밑줄을 쳐놓은 문장에 동그라미를 그릴지 가위표를 그릴지 고민했다. 문장이 맞든 틀리든, 적절한 표현이든 아니든 확실한 건 근원 모를 불쾌감을 느끼게 한다는 거였다. 터지긴 뭘 터져. 생리가 어떻게 터져. 이게 무슨 말도 안 되는 소리야.

원영은 문장의 주인을 슬쩍 쳐다보았다. 스물여섯이라고 했던가. 대학교를 갓 졸업한 취업준비생이라고 자기소개를 했던 기억이 났다. 취업준비생이라고는 하지만 원영의 눈에는 여느 대학생들과 다르지 않았다. 취업에 대한 걱정과 준비생이라는 허울을 같이 가지고 있는 밝은 학생들 말이다. 원영은 그런 밝음이 부러웠다.

여학생은 원영의 시선을 느꼈는지 핸드폰을 보다 말고 고개를 들었다. 순간적으로 원영은 여학생을 보지 않은 척, 수강생들의 원고 뭉치 쪽으로 고개를 돌렸다. 여학생은 다시 자신의 핸드폰을 쳐다봤다.

원영은 수강생들에게 에세이를 한 편씩 써 내라고 말했다. 분량은 상관없으니 진실한 이야기를 쓰라는 말을 덧붙였다. 즉석에서 써 내는 글이기 때문에 먼저 다 쓴 사람은 지루해할 수도 있다는 점이 신경 쓰였다. 원영은 수강생들의 태도를 살폈다. 여학생은 여전히 핸드폰만 쳐다보고 있었다. 원영은 여학생의 불만 정도를 가늠하면서 계속 글을 확인했다.

'생리가 터졌다'라는 문장에 대해 생각하면 생각할수록 점점 더 헷갈렸다. 문장을 곱씹을수록 불쾌감이 심해졌다. 도대체 생리가 어떻게 터지나. 어떻게 이렇게 무례한 말을 할 수 있나. 어떻게 강의 시간에 저렇게 태연하게 핸드폰만 볼 수 있나. 원영은 점점 더

기분이 나빠졌다. 자신이 쳐놓은 빨간 밑줄까지 폭력적이고 무례
해 보였다.

*

현관문을 두드리는 소리가 났어요. 자정이 가까운 시간이었어
요. 이제 막 자려고 누운 참이었죠. 누구냐고 묻기도 전에 문을 열
어보라며 엄청난 기세로 문을 두드려댔어요. 옆집 언니였어요. 나
는 현관문 앞에 선 채 잠시 노크 소리에 집중했어요. 사실 태어나
서 그런 노크 소리는 처음 들었어요. 아니, 그런 것도 노크라고 할
수 있는 걸까요?

문을 여니 언니는 울먹이고 있었어요. 눈가의 화장이 모두 번져
서 엉망이었죠. 꽤 선선한 날씨인데도 언니의 얼굴은 땀범벅이 되
어 가느다란 머리카락이 이마에 마구잡이로 들러붙어 있었어요.
언니가 내게 아이를 보지 못했느냐고 묻더라고요. 나는 아침의 아
이 모습을 떠올렸어요. 아이가 끌어안고 있던 선명한 색깔의 마카
롱들과 아이의 얼굴이 한꺼번에 떠올랐죠.

아이가 실종되었다고 하더라고요.

잠시 후 내 집에 경찰이 들이닥쳤어요. 경찰은 내게 집안을 둘
러볼 수 있겠느냐고 정중히 물었어요.

"애가 감기를 달고 살았다고요. 이 날씨에 찬물로 씻기는 게 말

50

이 돼요?"

내가 대답도 하기 전에 언니는 격앙된 목소리로 경찰에게 말했어요.

"멍자국도 자주 보였다고요."

언니는 아이의 팔꿈치나 무릎에 어떤 형태의 멍이 들었는지 경찰에게 말했어요. 최대한 자세히 설명하기 위해 애쓰는 언니의 모습이 마치 연극배우 같았어요. 나는 한 편의 연극을 관람하는 관객이 된 것처럼 언니의 표정과 몸짓을 쳐다보았죠.

경찰은 다시 한번 내게 집안을 확인해도 되겠느냐고 물었어요. 나는 고개를 가로저었어요.

"나한테 화가 났어요."

언니가 나를 손가락으로 가리키며 외쳤어요.

"저 여자라고요."

언니가 경찰을 향해 다급하게 소리쳤어요. 경찰은 언니를 진정시키느라 진땀을 뺐죠. 나는 언니와 경찰을 번갈아 쳐다보며 다시 한번 고개를 가로저어 거절의 의사를 확실하게 보여줬어요.

경찰은 언니를 데리고 현관문 밖으로 나갔어요. 어쩔 수 없다, 증거도 없다 따위의 말이 언니의 울음소리와 뒤섞여 복도를 울렸어요. 나는 현관문을 닫은 채로 서서 그 소리를 모두 들었답니다.

아이는 그대로 실종되었어요. 언니는 직장도 쉬고 날마다 아이를 찾아다녔어요. 건물 입구에는 '아이를 찾습니다'라는 문구 아래로 아이 얼굴을 커다랗게 확대해놓은 전단지가 여러 장 겹쳐져 붙어 있어요. 겹쳐 붙이는 건 실종된 아이를 찾기 위한 미신 행위래요. 그만큼 간절한 거겠죠. 근처 학교와 놀이터에서 전단지를 나눠주던 언니는 얼마 안 돼 직장도 그만두었어요. 전단지를 나눠주는 건 아이를 찾기 위한 고전적인 방법이지만 한편으로는 부모의 절박함을 제일 잘 보여주는 퍼포먼스라는 생각이 들었어요.

언니는 여전히 나 때문이라고 화를 낸대요. 내가 그날 아이를 봐주기만 했어도 아이는 실종되지 않았을 거라나요? 동네 사람들에게 내게 책임이 있다고 말하고 다닌다는 걸 나는 다 알고 있어요. 말이라는 건 너무 쉽게 전달되거든요. 소문이라는 게 그렇잖아요. 그런데 또 한편으로는 정말 내 탓인가 싶기도 해요. 내가 그날 아이를 맡아줬다면 언니 말대로 이런 일이 일어나지 않았을지도 모른다고요.

그랬다면 그날 언니의 친정 엄마가 아이를 봐주기 위해 급히 오다가 교통사고가 나지도 않았을 테고, 언니가 직장에 진즉 휴가를 냈었다는 사실을 내게 들키지도 않았을 거예요. 다시 한번 말하지만, 말이라는 건 참 쉽게 돌거든요. 휴가를 낸 언니는 내게 거짓말을 하고 그동안 무얼 했던 걸까요? 아이는 외할머니를 기다리지 않고 혼자서 어딜 갔던 걸까요? 언니의 엄마는 왜 약속된 시간에 여유 있게 나서지 못하고 서둘러야만 했던 걸까요? 각각의 의문에 대한 대답은 꽤 재미있는 이야기가 되어 동네를 돌아다닌답니다.

나는 많은 이야기를 들었어요. 소문이라는 게 원래 그렇잖아요. 그래도 이따금 언니를 마주칠 때면 나는 내가 알고 있는 것들을 모른 척해줬어요. 여전히 언니에게 친절하고 싶거든요.

*

원영은 나름대로 무언가를 열심히 쓰고 있는 수강생들을 멍하니 바라보았다. 수강생들이라고 해봤자 여섯 명에 불과했다. 신청자가 스무 명이 넘어서 개설이 가능했지만, 어수선한 시국과 맞물려 강의 날짜가 밀리면서 수강생은 점점 줄어들었다. 수강생이 줄어들수록 원영의 의욕도 같이 줄어드는 건 어쩔 수 없었다. 처음부터 의욕이라는 게 있긴 했던 걸까. 원영은 지난밤 선배의 메시지가 생각났다.

너 글은 쓰고 있니.

잘 지내냐, 건강하냐 따위의 의례적인 안부인사 하나 없이 대뜸 받은 메시지였다. 원영은 선배가 보낸 카톡 메시지를 확인하고도 답을 보내지 않았다.

글을 쓰고 있는 건 원영의 눈앞에 있는 여섯 명의 수강생들이었다. 원영은 그 글을 확인할 뿐이었다. 틀린 문장을 바로잡고 맞춤법을 교정해준다. 가능한 한 칭찬해준다. 칭찬할 게 없어도 억지로 찾아서 해준다. 개연성이 엉망이어도 창의력을 높이 산다. 표현이 개성적이라고 치켜세워준다. 그게 원영이 하는 일이었다.

오래전에 등단했지만 책 한 권 내지 못하고 단발성 강의를 전전하는 원영이 택한 방법이었다. 아주 드물게 소설을 발표할 때도 있었지만 별다른 주목을 받지 못하고 금세 잊혔다. 원영은 천천히 사라지는 것들에 대해 자주 생각했다. 나름대로 단정하게 꾸몄지만 알고 보면 남루한 옷들에 대해서. 저 여학생이 쓰는 립스틱보다 저렴한, 핸드백 속 자신의 화장품에 대해서. 그리고 더 많이, 더 자주 뱉어지는 어떤 말들에 대해서.

무례한 걸까. 선배의 메시지에 답하지 않았던 걸 떠올리면서 원영은 생각했다. 혹시 그후로 연락이 왔을까. 메시지를 확인하고 싶었지만 핸드폰이 없었다. 분명 집에 있을 거다. 원영은 생각했다. 집에 가자마자 핸드폰부터 찾자. 그렇게 생각하자 원영은 당장이라도 집에 가고 싶어졌다.

원영은 마지막으로 핸드폰을 본 게 언제였는지 찬찬히 생각해보았다. 지난밤 엄마의 연락을 받았을 때였다. 무슨 내용의 통화였는지는 구체적으로 생각나지 않았다. 원영이 기억하는 건 너는 왜 이렇게 차갑게 구니, 라는 한마디뿐이었다. 뒤이어 좀 친절하게 살라는 잔소리가 이어졌지만 또렷하게 기억나지는 않았다.

*

언니는 며칠째 내 집에 오지 않았어요. 나는 여전히 언니를 돕고 싶었지만 언니는 내게 곁을 주지 않더라고요. 옆 동네에서 비슷한 아동 실종 사건이 발생했다는 이야기가 돌았어요. 비공식 수사라 보도되지 않았다나요. 언니는 그 소식을 듣자마자 관할 경찰서로 갔어요. 내가 이렇게 자세히 알고 있는 이유는 역시 말이 쉽게 돌아서겠죠. 언니의 말이나 행동, 표정, 몸짓을 지켜보는 사람들은 생각보다 많으니까요.

옆 동네라고는 하지만 꽤 멀리 떨어져 있다는 걸 나는 알고 있어요. 옆집에 사는 게 아니지만 옆집 언니라고 부르는 것과 비슷하려나요. 그래서 언니가 아주 늦은 밤이 되어서야 귀가한다는 것도 알고 있어요. 요즘은 복도를 울리는 언니의 발소리를 매일 밤마다 들어요. 발소리가 힘이 없을수록 복도는 더 크게 울리더라고요. 나는 메아리처럼 웅웅대는 그 소리에 항상 귀를 기울인답니다.

어쨌든 소란한 퍼포먼스를 하는 언니가 보이지 않는 틈을 타서 나는 집 근처 놀이터에 나가봤어요. 거기서 한 아이를 마주쳤답니다. 요즘에도 혼자 놀이터에서 놀고 있는 아이가 있더라고요. 대부분의 엄마들이 아이를 밖에 내보내지 않는 이런 시기에 말이에요. 언니의 아이보다 어려 보이는 사내아이였어요. 나는 그네를 타고 있는 아이에게 작은 막대사탕을 내밀었어요.

아이는 얼굴을 들어 사탕을 한 번 쳐다보고는 이내 고개를 가로 저었어요.

"아줌마 집에 가면 더 큰 사탕도 있어."

나는 아이의 옆에 있는 빈 그네에 앉았어요. 아이가 고개를 돌려 내 얼굴을 똑바로 쳐다보았어요. 마치 확인하는 것같이 꼼꼼하게요. 그러더니 이내 입을 뗐어요.

"엄마가 낯선 사람 따라가지 말랬어요."

"똑똑하네."

나는 아이를 향해 웃어 보였어요. 칭찬 때문인지 아이는 경계를 약간 누그러뜨린 것 같았어요. 나는 아이에게 내밀었던 사탕을 거두고는 그네를 타기 위해 발을 살짝 굴렀어요. 그네가 천천히 움직이면서 삐걱대는 소리를 내기 시작하자 놀이터가 더 조용하게 느껴지더라고요. 그럴 때 있잖아요. 소음이 발생하기 전까지는 얼마나 조용했는지 미처 알아차리지 못하는 그런 거 말이에요.

"몇 살이니?"

아이에게 물었어요. 아이는 조금 망설이다가 대답했어요.

"일곱 살이요."

"일곱 살치고는 작구나."

내 말에 아이는 입술을 비죽거렸어요. 마음이 상해 보였지만 정말로 아이가 내 생각보다 나이가 많아서 놀란걸요.

"엄마가 밥 잘 먹으면 큰댔어요."

아이가 뾰로통한 목소리로 말했어요.

"그래."

나는 아이에게 웃으며 대답했어요. 아이가 일곱 살이나 되었지만 그보다 더 어려 보이는 작은 체구를 가졌다는 것이 마음에 들었어요. 실제로 일곱 살인 게 뭐가 중요하겠어요. 눈에 네다섯 살 정도로 보이면 되죠. 진실과 사실은 그 정도 차이 아니겠어요.

"똑똑하니까 먹어."

나는 다시 사탕을 내밀었어요. 손에 쥐고 있기가 다소 귀찮기도 했거든요.

"아줌마는 친절하네요."

아이는 사탕을 잠깐 쳐다보다가 말했어요.

"좋은 말만 해줘서?"

아이는 내 말에 씩 웃어 보이더니 사탕을 건네받았어요. 사탕 껍질을 까면서 아이가 말했어요.

"우리 엄마도 좋은 말만 해요."

"어떤 말?"

"좋은 말로 할 때 옷 입어. 좋은 말로 할 때 밥 먹어."

아이는 엄마 말투를 흉내내는 듯 다소 톤을 높여 말했어요. 나는 아이의 흉내에 큰 소리로 웃어버리고 말았어요. 아이는 내 반응이 재밌는지 친근하게 굴기 시작하더라고요.

"아줌마는 어디 살아요?"

"저기 오층에."

나는 놀이터에서 정면으로 보이는 건물을 가리켰어요. 사실 집에서 현관문을 열고 복도에 서면 놀이터가 바로 내려다보일 정도로 가까운 거리였거든요. 바로 코앞, 이라는 말이 과장이 아닐 만큼요. 아이는 내 말을 듣고는 허공을 향해 손가락을 뻗어 건물 층수를 세기 시작했어요.

"거짓말쟁이. 저긴 오층이 없잖아요."

"아니야. 꼭대기 층이 오층이야."

"아닌데. 사층까지밖에 없는데."

"사층을 오층이라고 불러."

"왜요?"

"그게 예의야."

나는 아이를 향해 부드럽게 말해주었어요. 아이는 내 말을 이해하지 못한 듯 갸웃거렸지만 어쩔 수가 없었어요. 이해한다는 건 언제나 어려운 일인걸요. 이곳은 사층을 오층이라고 부르는 일도, 옆집 언니가 아닌데 옆집 언니라고 부르는 일도 모두 일어나는 곳이니까요.

"모두에게 친절해야지."

나는 다정한 목소리로 아이에게 말해주었어요.

*

  정해진 시간이 지났지만 여자는 원영에게 원고를 제출하지 않고 있었다. 원영은 여자에게 다가가 마무리하지 못해도 좋으니 지금 제출하라고 재촉해야만 했다. 여자는 마지못한 듯 쥐고 있던 원고를 내밀었다. 원영은 선 채로 여자의 글을 읽었다. 꼼꼼하게 볼 여유가 없었다. 강의 시간이 거의 다 끝나가고 있었다. 원영은 여자의 글을 대충 읽다가 한 부분을 짚었다.

  "이거 인터넷에서 본 적 있는데요. 여기 이 부분이요."

  원영이 가리킨 부분은 여자와 사내아이가 대화하는 장면이었다.

  "그럴 리가요. 이건 제 이야기인걸요."

  여자가 느릿하지만 또박또박하게 말했다. 여자의 말투는 좀체 감정을 읽을 수가 없어 묘했다. 화가 난 건지 비웃는 건지 헷갈렸다. 원영은 난감했다. 인터넷 커뮤니티에 떠돌아다니는 글이 분명한데 그렇게 말해버리니 더이상 할 수 있는 말이 없었다.

  수강생들 중에는 인터넷에 떠도는 유명한 이야기를 자신이 창작한 것인 양 적어 내는 경우가 종종 있었다. 저작권 같은 문제를 떠나 자존심도 없나 싶은 생각이 들 때가 많았지만 그럴 때마다 원영은 화를 내는 대신 농담하듯 은근하게 지적하고 말았다. 수강생을 무안하게 해봤자 원영에게 돌아오는 것은 폐강밖에 없으니까 말이다.

그래도 보통은 지적을 하면 수긍하는 편인데 여자처럼 딱 잡아 떼는 경우는 처음이었다. 원영은 여자에게 어떻게 대꾸해야 할지 난감했다.

"오늘 수업은 여기까지 할게요."

원영은 수강생들에게 말했다. 수강생들이 일어나면서 의자를 끄는 소리가 원영의 목소리를 덮었다. 원영은 여자의 원고를 마저 챙기며 수업을 마무리하는 것으로 상황을 얼버무렸다. 여자가 상냥하게 웃으며 원영에게 인사를 건넸다. 원영은 떨떠름하게 여자의 인사를 받았다. 불편했다. 원영은 여자의 상냥한 예의에 피곤함을 느꼈다.

*

요즘도 매일 밤 소리를 듣기 위해 귀를 기울여요. 깊은 밤, 복도를 가득 메우는 옆집 언니의 발소리 말이에요. 언니가 터덜거리며 귀가할 때면 어김없이 어딘가에서 개 짖는 소리가 들려요. 작은 강아지가 아니라 꽤 덩치가 있는 개인 것 같아요. 내가 사는 곳은 애완동물을 키우는 게 금지되어 있기 때문에 가까이 있는 개는 아닐 거예요. 그런데도 개 짖는 소리는 아래층이나 혹은 그 아래층 정도에서 들려오는 것 같았어요. 때때로 아득히 멀리서 울려오는 소리처럼 느껴질 때도 있지만요.

그럴 때면 깊은 밤의 적막을 천천히 흔드는 진동이 느껴지곤 해요. 밤의 고요를 깨뜨리고 세계 전체를 흔드는 크고 느린 진동이요. 말도 안 되는 것 같겠지만 정말이에요. 나는 밤마다 누군가의 세계가 흔들리는 것을 느끼니까요.

어쩌면 언니는 이제 더이상은 내 집을 찾지 않을지도 몰라요. 아이를 찾든 못 찾든 말이에요. 나는 여전히 언니를 이해해요. 언니가 나를 향해 손가락질하는 모습이나 화를 내는 목소리 같은 것들이 이따금 생각날 때도 있지만요. 그럴 수도 있죠. 언젠가 언니와 내가 풀어나갈 수 있는 일이라고 생각해요. 그래도 매일 같은 시간에 울리던 노크 소리를 더이상 들을 수 없다는 건 아주 조금, 서운하긴 해요.

*

집에 돌아와서 원영은 여자의 원고를 마저 읽었다. 마저, 라고 해봐야 몇 줄밖에 되지 않았다. 여자가 마지막까지 버티면서 들인 노력에 비해 글의 분량은 너무 적었다. 원영은 빨간색 펜으로 맞춤법이나 띄어쓰기를 고쳤다. 여자가 쓴 것보다 더 적절한 단어들을 귀퉁이에 적어넣는 것으로 다음 수업 준비를 끝냈다.

선배가 보낸 메시지가 생각났다. 핸드폰을 찾아야 한다는 생각도 뒤따라 떠올랐다. 원영은 핸드폰이 있을 만한 장소를 뒤졌다.

마지막으로 핸드폰을 사용했을 때가 잠들기 직전이었기 때문에 침대 근처에 있을 것 같았지만 어디에도 보이지 않았다.

집전화가 없어서 전화를 걸어보는 것은 불가능했다. 도움을 청할 만한 이웃도 없었다. 전화를 걸어봐달라고 부탁할 만한 사람도 쉽게 떠오르지 않았다. 그들의 번호도 모두 잃어버린 핸드폰 안에 저장되어 있으니까 말이다.

핸드폰을 찾는 내내 선배에게서 메시지가 더 왔을 것만 같은 생각이 들었다. 선배에게 답장을 하지 않은 점도 계속 마음에 걸렸다. 당장 답장을 보내고 싶었다. 원영은 노트북을 켜 PC 카톡에 접속했다.

원영은 양 손바닥으로 두 눈을 지그시 눌렀다. 눈이 따가웠다. 안구건조증이 더 심해진 것 같았다. 미간을 찌푸린 채로 노트북 화면을 쳐다보았다. 원영이 확인해야 하는 중요한 메시지는 없었다. 광고 메시지 몇 개가 상단에 표시되어 있을 뿐이었다. 선배는 원영에게 연락하지 않았다. 아직도 나를 공공이라 부를까. 원영은 생각했다.

공공은 어릴 적 원영의 별명이었다. 그건 그냥 이름의 초성으로 만든 단순한 별명이었다. 나리를 개나리로 부른다거나 보람을 람보라고 부르는 것 따위의 유치한 말장난 같은 것이었다. 원영은 아주 오랫동안 공공이라고 불렸다. 대학교에 가서도 마찬가지였다. 원영은 그 별명을 싫어하지 않았다. 그 선배의 핸드폰에 이름 대신 '공공'이라고 저장되어 있는 것도 알고 있었다. 걔는 조금만 친절하게 하면 다 대줘. 그런 말이 돌고 있다는 걸 원영은 가장 늦게 알았다. 공공에 공공재라는 의미가 덧씌워졌다는 것도 그때 알았다. 그 폭력과 무례에 대해 원영은 오랫동안 생각했다. 이젠 오래된 일이었다.

핸드폰을 찾을 다른 방법을 생각해보았다. 떠오르는 게 없었다. 사방이 조용했다. 카톡으로 도움을 청해볼까. 누구에게? 밤이 깊었고 이 시간에 도움을 청할 만한 사람이 원영에게는 없었다.

형광등 불빛이 껌벅거리기 시작했다. 고장났다고 말한 지 일주일이 지난 것 같은데 집주인에게선 연락이 없었다. 멀리 어딘가에서 개 짖는 소리가 끊어질 듯 말 듯 희미하게 들려왔다. 집중하지 않으면 알아차릴 수 없을 정도로 먼 곳에서 들려오는 소리였다. 원영은 개에 대해 생각했다. 적어도 개는 누군가의 기척을 느낀 거겠지. 고요하고, 고요하고, 적막했다.

아득히 먼 곳에서 아이 울음소리가 들리는 것도 같았다. 원영은 눈을 감고 소리에 집중했다. 아이는 마치 잃어버린 엄마를 찾기라도 하는 듯 처연하게 울었다. 개 짖는 소리가 낮게 울리고 그 위에 아이의 새된 울음소리가 겹쳐 들려왔다. 원영은 아이를 잃어버린 엄마와 엄마를 잃어버린 아이에 대해 생각했다. 졸음이 밀려왔다. 개가 짖고 아이 울음소리가 끊어질 듯 말 듯 희미했다. 원영은 눈을 감은 채 밀려오는 잠에 몸을 맡겼다. 내일은 집주인에게 전화를 해봐야겠다. 어떻게? 원영은 답을 찾을 수가 없었다. 아마 영원히 핸드폰을 찾을 수 없을 거다. 그런 예감이 들었다. 원영은 영원이라는 말이 너무 무겁다고 생각했다. 소리 내어 영원, 이라고 말해보았다. 먼 곳에서 들리는 목소리처럼 희미했다. 원영원영원. 언젠가 들었던 시시한 말장난이 떠올랐다. 다른 생각들도 떠올랐다가 이내 가라앉았다. 개 짖는 소리와 아이 울음소리만 남았다.

비타민

그들은 신혼부부였다. 그녀는 자신들이 무난하게 살고 있다고 생각했다. 가끔 지긋지긋할 때도 있었지만 여느 부부가 그러하듯 그런대로 사는 일에 몰두하다보면 큰 문제가 되지 않았다. 아침마다 그들은 종합 비타민을 먹었다. 매일 한 알씩. 그녀는 남편인 진욱을 배웅하러 나서기 직전에 항상 비타민을 꺼내들었다. 그녀에게 그건 결혼해서 지금까지 지켜온 중요한 일과였다.

그들이 이곳으로 이사온 지는 얼마 되지 않았다. 이사하던 날 그녀는 옆집인 701호에 중년부부와 고등학생 딸이 산다는 사실을 알았다. 여자아이의 이름은 민서였다. 민서 어머니는 그들이 702호에 입주하던 날 문 앞에서 그들을 기다리고 있었다. 그녀는 민서 어머니에게 가볍게 인사를 건넸다. 민서 어머니는 그녀보다

진욱 쪽을 쳐다보며 웃어 보였다. 그리고 말하길, 정수기요, 라고
했다. 진욱은 그 말을 얼른 이해하지 못하고 그녀를 쳐다보았다.
그녀도 이해를 못하긴 마찬가지였다. 민서 어머니는 그런 그들을
지켜보다 다시 한번, 정수기요, 라고 말했다. 그제야 그녀는 민서
어머니가 쥐고 흔드는 팸플릿을 보았다. 팸플릿에 적힌 정수기 렌
털 서비스라는 글자가 선명하게 보였다. 그녀가 비밀번호를 누르
는 동안 민서 어머니는 진욱과 이야기를 나누었다. 신랑이 잘생겼
네, 신혼인가봐, 따위의 말들에 진욱은 꼬박꼬박 대답했다. 그녀
는 진욱의 표정이 궁금했으나 뒤돌아 확인하지는 않았다. 소파는
내일 들어오기로 해서요, 라고 말하며 그녀는 민서 어머니를 맨바
닥에 앉혔다. 민서 어머니는 개의치 않아했다. 그녀가 부엌에서
접시를 꺼내 시루떡을 담는 동안 진욱은 책이 가득 든 박스를 테
이블 삼아 계약서에 서명했다. 두 사람의 이마가 거의 닿을 것처
럼 보였다. 그녀는 민서 어머니를 불러 시루떡을 담은 접시를 건
네주었다. 요새 이사했다고 떡 돌리는 사람은 새댁밖에 없을 거
야. 민서 어머니는 챙겨온 팸플릿을 그녀에게 내밀며 접시는 다음
에 줄게요, 하고 덧붙였다. 천천히 주셔도 된다며 그녀는 웃어 보
였다. 사실 그 접시는 혼수로 마련해온 고급 브랜드 제품으로 그
날 처음 쓰는 것이었다. 아직 일회용 접시를 사지 못한 터에 갑작
스럽게 맞이하게 된 손님이라 그녀로서는 어쩔 수 없었다. 왜 한
다고 했어. 그녀가 진욱에게 물었다. 진욱은 가벼운 박스들을 안

아울려 위로 쌓으며 그냥, 하고 운을 뗐다. 필요할 것 같았어. 진욱은 그녀 쪽을 돌아보지도 않고 말을 이었다. 이제 아이가 생기면 정수기가 필요해질 거야. 진욱의 말에 그녀는 아무 말도 하지 않고 그의 등을 가만히 끌어안았다.

그게 이사 첫날의 기억이었다.

그날 이후로 석 달이 지났지만 그녀는 아직도 접시를 돌려받지 못했다. 처음엔 쉽게 말을 꺼낼 수 있었다. 민서 어머니는 내가 깜빡했네, 하며 수선을 떨다가 내일 돌려주겠다고 말했다. 하지만 그 내일이 그다음 내일이 되어도 그녀는 접시를 돌려받지 못했다. 그녀가 두번째로 말을 꺼낼 때는 처음보다 약간 주저했다. 그 말에 민서 어머니는 다시 한번 호들갑스럽게 대꾸하며 금방 쓰고 주겠다고 말했다. 지금은 민서 간식을 담아둔 터라 어렵다는 말을 덧붙였다. 우리 민서가 지금 예민하잖아, 하고 자신의 딸이 수험생임을 강조하기도 했다. 그후로 며칠간 더 기다렸지만 그녀는 여전히 접시를 되돌려받지 못했다. 세번째는 두번째보다 훨씬 난감했다. 그녀는 엘리베이터 앞에서 마주친 민서 어머니를 향해 어렵게 말을 꺼냈다. 민서 어머니는 몹시 미안해하며 자신이 퇴근하고 난 후에 꼭 돌려주겠다고 약속했다. 그러고도 사흘이 더 지났다. 그녀는 네번째로 말할 기회를 찾고 있었지만 쉽지 않았다. 그녀는 엘리베이터 안에서, 근처 마트에서, 또 정수기 필터를 교체하는 날에도 민서 어머니와 마주쳤으나 선뜻 접시 이야기를 할 수 없었다. 점점 자신의 물건을 되돌려받는 게 아니라 남의 물건을 내놓으라는 말을 하는 것만 같았다. 그녀는 식사 준비를 할 때마다 불편했다. 식기들은 전부 한 쌍으로 이루어져 있었는데, 그 접시만 짝이 맞지 않았기 때문이다. 그녀는 식탁을 차릴 때마다 그 접시 대신 더 크거나 더 작은 접시를 꺼내야만 했다. 부엌 선반 위에 짝이 없어 사용하지 못하는 접시가 있다는 게 자꾸만 눈에 거슬렸다.

민서는 그 나이대에 알맞게 예민했다. 특히 소리에 민감했다. 민서는 저녁때면 곧잘 벨을 누르거나 문을 두드렸다. 그러고는 언제나 이런 말을 해서 죄송하지만, 하고 운을 뗀 뒤 신혼인 건 알지만, 하고 말끝을 흐렸다. 그녀는 수치심을 해소할 수 없어 그저 낯을 붉히는 것으로 대답을 대신했다. 그러면 민서는 그제야 고개를 꾸벅 숙이고선 자기 집으로 들어갔다. 만만해 보인 걸까. 문을 닫고 돌아서며 그녀는 문득 자신의 얼굴을 떠올렸다. 남들보다 유순한 인상이 그렇게 보이도록 했을지도 몰랐다. 그녀는 진욱의 얼굴도 떠올려보았다. 또래보다 훨씬 어리고 순진한 인상 탓에 남편이라는 호칭이 어색했다. 모르는 사람들이 보기에 그들은 상당히 어린 부부처럼 보였고 그때마다 곤란해지는 건 그녀였다. 그녀는 생각으로만 그쳐야 하는 말들에 대해 고민했다. 말수가 적을수록 이웃들은 좀더 친절해졌다. 그래서 민서나 민서 어머니를 떠올리면

만만해 보인 걸까 하는 생각이 떨쳐지지 않았다. 그녀는 수줍어하면서도 두 눈을 똑바로 마주치며 할말을 해대는 민서의 얼굴을 다시 한번 떠올렸다. 생머리를 끈으로 질끈 묶은 수수한 차림새지만 자세히 보면 옅은 화장의 흔적이 보였다. 때때로 민서는 그녀의 어깨 너머로 진욱을 쳐다봤다. 현관문을 열면 거실이 바로 보이는 구조라서 민서에게는 소파에 앉아 텔레비전을 보는 진욱이 똑바로 보였을 것이다. 그녀는 민서를 어떻게 대해야 할지 감이 잡히지 않았다. 민서는 수줍어하는 것치고는 너무 자주 찾아왔다. 그것도 늦은 저녁에만.

아침이면 언제나 그렇듯 그녀는 간단한 식사거리를 준비한 후 진욱의 목에 넥타이를 맸다. 나가기 직전에 진욱에게 비타민 한 알을 챙겨주고 그녀도 삼켰다. 진욱의 출근시간과 민서가 등교하는 시간은 거의 같았다. 오늘도 마찬가지였다. 민서가 먼저 엘리베이터에 올랐고 그다음에 그들 부부가 탔다. 민서 앞에 그들이 나란히 서게 된 모양새였다. 평소에는 엘리베이터 안이 북적이는데 오늘은 드물게도 셋뿐이었다. 그녀는 엘리베이터 양옆에 붙어 있는 거울을 통해 교복 차림의 민서를 살폈다. 단정한 교복과 등에 진 가방, 그리고 가방 지퍼 끝에 매달린 금속 액세서리가 보였다. 얼핏 보기에 그건 인기 있는 캐릭터 모양 같았다. 인형은 아주 작아서 눈에 잘 띄지는 않았지만 민서가 움직일 때마다 달캉거리는 소리를 냈다. 아주 작은 움직임에도 금속 인형은 소리를 냈다.

그녀는 그 인형 자체가 민서 같다고 생각했다. 민서는 반듯하게 서서 고개를 약간 숙이고 있었는데 그럴 때는 제 나이보다 좀더 성숙해 보이기도 했다. 그녀는 거울을 통해 민서를 관찰하다가 진욱의 얼굴을 보게 되었다. 진욱 역시 거울을 통해 민서를 보고 있었다. 아주 짧은 순간 그녀는 거울 속에서 진욱과 눈이 마주쳤다. 그녀는 재빨리 시선을 돌렸다.

일층에 다다르자 그녀는 진욱의 팔을 이끌고 재빨리 엘리베이터에서 내렸다. 빠른 걸음으로 앞서가는 동안 민서의 발소리가 일정하게 뒤따랐다.

"잘 다녀와."

그녀가 진욱의 넥타이를 매만지며 말했다. 진욱이 미소를 지어 보였다. 문득 그녀는 뒤에서 타박거리는 민서의 발소리가 거슬렸다. 그녀는 돌아서려는 진욱을 붙잡고 짧은 키스를 했다. 그와 동시에 발소리가 빨라졌다.

"갑자기 왜 이래."

진욱이 그렇게 말하며 웃었다. 그녀는 그냥, 하며 마주 웃었다. 진욱은 주차장 너머에 있는 서편 출입구로 향했다. 잠깐 뒤돌아보며 그녀에게 손을 흔들기도 했다. 진욱보다 조금 앞서 걸어가는 민서가 보였다. 민서는 점점 작아지다가 이내 사라졌다. 그 뒤로 진욱의 모습도 조금씩 멀어지다 사라졌다. 그녀는 문득 초라하다는 생각이 들었다. 그리고 이내 부당하다는 말이 불쑥 생각났지만 무엇 때문에 그렇게 느꼈는지는 알지 못했다. 그녀는 정문이 아닌 임시 출입구를 사용하는 남편과, 수험생이라는 신분을 마음놓고 내세우는 민서, 그리고 그애와 마찬가지로 중년의 나이를 내세워 자신의 집을 드나드는 민서 어머니를 차례대로 떠올렸다. 그녀는 자신이 무슨 말을 하고 싶었는지 정확하게 알지 못했다. 다만 부당하다는 말로는 다 설명되지 않는다고 생각했다.

그녀는 진욱이 지나간 자리를 눈으로 더듬었다. 꽃가루가 부옇게 날아다니고 있었다. 곧 여름이 올 것이다. 해마다 지나는 계절인데도 그녀는 여름의 감각이 막연했다. 작년에 얼마나 더웠는지 더운 게 어떤 감각인지 실감나게 떠오르지 않았다. 적당한 게 좋은 거다. 그녀는 진욱의 말을 곱씹었다. 그들이 부부로 살면서 수도 없이 다짐하던 말이었다. 그녀는 적당하게 살기 위해 적당한 노력을 기울였다. 그러나 가끔 아침에 비타민을 먹지 않았다는 걸 저녁에 떠올리고 황급히 씹어 삼킬 때면 어느 정도가 적당한 선인지 막연해지고는 했다. 비타민이 갑자기 뚝 떨어질까봐 걱정하는 것도, 비타민을 먹지 않으면 중요한 걸 잃게 될까봐 초조해하는 것도 적당한 삶에 어울리지 않는 강박이라는 생각이 들어 부질없게 여겨지곤 했다.

그녀는 엘리베이터를 타고 집으로 돌아왔다. 집안으로 들어서면 원목으로 된 서랍장이 가장 먼저 보였다. 현관문을 기준으로 왼쪽에는 화장실이 있고 그 앞에는 자그마한 가구를 하나쯤 둘 만한 공간이 있었다. 진욱은 그 자리에 나지막한 원목 서랍장을 배치했다. 그녀는 당장 필요하지는 않지만 언젠가 쓸 법한 물건들을 서랍에 넣었다. 리필만 하면 사용할 수 있는 방향제와 건전지가 닳은 탁상시계, 사용하지 않는 오래된 핸드폰 같은 잡동사니들이었다. 없으면 서운하지만 있다 해도 당장 쓰지 않을 것들. 그녀가 서랍장에 넣을 물건들을 고르면서 정한 규칙이었다. 그녀는 서랍장을 정리한 이후로는 연 적이 없었다. 평평한 서랍장 위에는 흰색 테이블보를 깔고, 사진을 끼운 액자 두 개와 인테리어용 조화를 몇 개 세워둬서 구색을 맞췄다. 비타민 통도 거기에 두었다. 현관문과 가깝기 때문에 일부러 그 자리를 택했다. 그녀는 아침마다 진욱의 입에 비타민 한 알이 들어가는 것을 확인한 후에 자신의 것을 삼켰다. 그녀가 챙겨주지 않으면 진욱은 곧잘 잊어먹기 때문에 생긴 버릇이었다.

아침에 급히 먹은 탓인지 뚜껑이 제대로 닫혀 있지 않았다. 그녀는 비스듬히 닫힌 뚜껑을 몇 번 다시 돌려 아귀를 맞춘 후 서랍장 위에 올려두었다. 통은 투명했다. 안에 있는 비타민들이 훤히 들여다보였다. 대체로 희끄무레한 색깔이지만 자세히 보면 빨간색, 노란색, 보라색으로 조금씩 달랐다. 그녀는 통 한쪽에 붙어 있는 성분표를 유심히 읽었다. 비타민 에이, 디, 시, 케이. 그리고 비오틴, 칼슘, 마그네슘 같은 이름들. 성분은 전부 영어로 아주 작게 표기되어 있었다. 그녀는 이 비타민을 어디에선가 선물로 받았다는 사실을 기억했다. 하지만 누구에게 받았는지 언제쯤 받았는지는 도통 기억이 나지 않았다. 이건 원래부터 여기에 있던 것처럼 보였다. 그녀는 시중에 파는 제품들보다 두 배쯤 큰 자신의 비타민 통을 잠시 쳐다봤다. 삼분의 이 정도 남아 있었다. 어쩐지 한달 전에도 비슷했던 것 같았다. 매일같이 먹는데도 비타민은 전혀 줄지 않는 것처럼 보였다.

그 순간 노크 소리가 들렸다.

"민서 엄마예요."

그녀가 문을 열자 민서 어머니가 주저하는 기색 없이 현관으로 들어왔다. 그녀는 어깨를 비스듬히 젖히며 비켜주었다. 민서 어머니가 신발을 벗으며 정수기는 이상 없지? 하고 물었다. 그녀는 고개를 끄덕였지만 눈여겨보지는 않은 듯했다. 민서 어머니는 곧장 부엌으로 가 정수기를 살피고는 받침대를 꺼내 닦아낸 후 교체할 필터를 꺼내들었다. 그런 민서 어머니를 잠시 지켜보다가 그녀는 거실로 커피잔을 가지고 나갔다. 곧이어 민서 어머니가 따라 나와 털썩 소리가 나도록 스웨이드 소파 위로 앉았다. 그러고는 잔을 기울여 커피를 한 모금 삼켰다. 시원한 게 좋은데, 라고 흘리듯 말했지만 대답을 바라고 한 소리는 아닌 듯했다.

"신혼이라 좋지?"

그 말에 그녀는 뭐라고 답해야 할지 몰라 잠시 망설이다 그냥 웃어 보였다. 민서 어머니는 다시 한번 다 알아, 하며 그녀의 팔뚝을 툭, 하고 가볍게 쳤다. 그 순간 그녀는 수치심 같은 감정이 들었다. 민서 어머니의 얼굴 뒤로 훨씬 어리고 생기 넘치는 여자의 얼굴이 떠올랐다.

"허리를 조금 들어봐."

민서 어머니가 말했다. 그녀는 커피잔을 들어올리다 말고 민서 어머니의 얼굴을 쳐다보았다.

"방금 뭐라고 하셨어요?"

그녀가 되물었다. 민서 어머니는 한 점의 악의도 없는 듯한 얼굴로 다시 말했다.

"조금 들어봐. 훨씬 좋아."

그녀는 마땅한 대답이 떠오르지 않았다. 민서 어머니의 시선을 피하고 싶었다. 그녀는 테이블 위의 커피잔을 멍하니 쳐다보았다. 잔 안에는 커피가 밴 흔적이 진하게 남아 있었다. 설거지를 해도 지워지지 않는 얼룩이었다. 그녀는 자신의 얼굴이 점점 어색하게 느껴졌다. 민서 어머니는 개의치 않고 계속해서 이야기를 늘어놓았다. 신랑이 잘생겨서 새댁이 조심해야겠어. 밥은 제대로 해 먹는 거야? 아니, 나는 걱정이 돼서. 내 자식 같고 그렇네. 그녀는 적당히 대꾸하며 머릿속으로는 두통약을 어디에 두었는지 생각했다. 기억이 나지 않았다. 그녀는 조심스레 커피를 한 모금 삼켰다. 미지근한 커피가 줄어들며 갈색으로 착색된 흔적이 도드라졌다.

"레몬으로 닦으면 지워져."

민서 어머니가 일어서며 말했다. 그녀는 착색된 흔적을 가리키는 민서 어머니에게 고개를 끄덕여 보이며 같이 일어섰다. 급히 일어나느라 테이블 위에 커피를 조금 쏟았다. 현관으로 가다 말고 민서 어머니가 멈춰 섰다. 그러고는 원목 서랍장 위를 가만히 살펴보았다. 민서 어머니는 서랍장 위에 놓인 액자 두 개와 인테리어용 조화를 차례대로 만지작거리더니 비타민 통을 들어올렸다. 그러고는 좀전에 그녀가 닫아둔 뚜껑을 망설임 없이 열고는 손바닥 위에 두어 번 통을 털어댔다. 비타민 서너 알이 구르듯 손바닥으로 떨어졌다. 그녀가 민서 어머니를 말려야 할지 말린다면 어떻게 말해야 할지 망설이는 사이 민서 어머니는 입안에 비타민을 털어넣고 씹기 시작했다. 그녀는 아까 읽었던 비타민의 성분표를 떠올리려 했지만 정확하게 기억나지 않았다. 당신이 뭘 먹고 있는지 아느냐고, 문득 그렇게 쏘아붙이고 싶었다. 그녀는 고개를 흔들었다.

민서 어머니가 문을 열고 나갔다. 이제 집안에는 완전히 그녀 혼자였다. 뚜껑이 열린 비타민 통에서 희미하게 단내가 풍겨왔다. 그녀는 비타민 한 알을 꺼내 입에 넣었다. 이건 레몬맛이다. 그녀는 생각했다. 빨간색은 딸기맛, 노란색은 레몬맛, 보라색은 포도맛. 사실 뭘 먹어도 맛은 거의 같았지만 그녀는 색깔로 맛을 구별했다. 그렇게 생각하면 정말 그 맛처럼 느껴지기도 했다. 희미한 레몬향이 입안에 퍼졌다. 지금 그녀에게 필요한 것이었다. 그녀는 민서 어머니가 열어둔 뚜껑을 힘주어 닫았다. 다시 열리지 않아도 좋다는 마음이 들었다. 그녀는 거실로 돌아와 소파를 살폈다. 민서 어머니가 앉았던 자리에 자국이 남았다. 스웨이드 재질이라 더욱 선명했다. 그녀는 진욱의 취향도 자신의 취향도 아닌 스웨이드 소파가 왜 이 거실에 자리를 잡고 있는지 이해할 수 없었다. 그녀는 민서 어머니가 앉았던 자리를 손으로 몇 번 쓸어냈다. 자국이 희미해졌다. 그녀는 민서 어머니와 민서를 차례로 떠올렸다. 이 모든 것이 현실적으로 느껴지지 않았다. 문득 아직도 접시를 돌려받지 못했다는 생각이 났다. 그녀는 민서 어머니의 집을 찾아가려다가 이내 포기했다. 그 집 현관문을 두드릴 생각을 하자 상상만으로도 머리가 아팠다.

그녀는 청소를 시작했다. 구석구석 닦고 싶은 충동이 들었다. 그녀는 무릎을 꿇고 물걸레로 거실을 닦아내기 시작했다. 사물의 윤곽선을 선명하게 하고 싶었다. 현관에 깔린 흰 타일을 특히 신경써서 닦았다. 무릎에 냉기가 느껴졌지만 개의치 않았다. 오히려 만족스러운 기분이 들었다. 마지막으로 행주를 가져와 거실 테이블도 닦아냈다. 얼룩은 금세 사라졌다. 이제 테이블 위에는 아무것도 없었다. 원래대로 돌아갔다고 그녀는 생각했다.

민서 어머니가 그녀의 집에 다시 찾아온 건 늦은 저녁이었다. 진욱과 함께 식사하던 그녀는 노크 소리에 밥을 먹다 말고 현관으로 나갔다.

"부탁이 있어."

민서 어머니가 다짜고짜 말했다. 민서와 함께였다. 민서는 부끄러운 듯이, 또 약간은 곤란하다는 듯이 고개를 숙인 채였다. 민서 어머니가 이어서 말했다.

"화장실을 좀 쓸 수 있을까?"

그녀는 잠깐 주춤하다가 몸을 모로 틀어 화장실이 어딘지 알려주었다. 민서가 고개를 숙인 채 화장실로 들어갔다. 진욱은 젓가락을 내려놓고 현관으로 나왔다. 민서 어머니가 민망하다는 듯 웃어 보였다.

"변기가 갑자기 고장이 났는데 고치려면 내일 오전은 되어야 한다잖아. 그때까지만 부탁 좀 할게."

민서 어머니는 진욱의 얼굴을 쳐다보았다. 그녀도 덩달아 진욱의 얼굴을 쳐다보았다.

"나는 그렇다 치더라도 우리 민서는 수험생이라서. 상가 화장실은 너무 멀잖아."

민서 어머니는 민서가 수험생이라는 사실을 강조했다. 그녀는 진욱의 얼굴을 쳐다보다가 결국 고개를 끄덕이며 말했다.

"편안히 사용하세요."

곧 물을 내리는 소리가 나더니 민서가 화장실에서 나왔다. 민서 어머니는 나도 좀, 이라고 말하며 화장실로 들어갔다. 그녀는 민서를 마주보다가 부엌으로 진욱을 돌려보냈다.

"마저 먹어."

그녀의 말에 진욱은 순순히 따랐다. 그녀는 잠시 민서와 서 있었다. 아무 말도 없었다. 이따금 화장실에서 바스락거리는 소리가 들려왔지만 신경쓰지 않았다. 그녀는 교복을 입지 않은 민서의 모습을 살폈다. 여전히 옅은 화장기가 있는 얼굴이었다. 문득 그녀는 민서가 아주 예쁘다고 생각했다. 어린 여자에게서 풍기는 매력 같은 것이 느껴졌다. 그건 마치 포자처럼 선명하게 터져나오는 느낌이었다. 그녀는 한때 자신의 몸도 그런 적이 있었다는 걸 알고 있었지만 어쩐지 아주 오래전 일인 것 같았다. 그녀는 그때의 자신을 떠올리려 했지만 기억나는 것이 없었다. 그건 비타민 에이, 디, 시, 케이 같은 이름처럼 낯익지만 한편으로 낯선 어떤 물질과 같은 것이었다. 그녀는 그런 물질이 자신의 몸에 넘치던 시간이 지났음을 깨달았다. 이제 그녀에게 남은 것은 별로 없었다.

옆집 모녀를 돌려보낸 후 부엌으로 돌아와 보니 진욱은 밥을 거의 먹지 않은 상태였다. 그녀 또한 입맛이 없어져 식탁을 치워버리고는 진욱에게 비타민 한 알을 건넸다. 진욱이 아무 말 없이 받아먹었다. 그는 아침에 먹었잖아, 라든지 왜 또 주는 거야, 같은 반응을 보이지 않았다. 어쩌면 아무 관심이 없는 것일지도 몰랐다. 그녀는 진욱이 비타민을 삼키는 모습을 보며 자신의 입속으로도 한 알을 집어넣었다.

그들은 텔레비전을 봤다. 재미있어서 본다기보다는 다들 그러듯이 습관이었다. 그녀는 한때 밤을 새워서 해도 모자랐던 진욱과

의 대화들을 떠올렸다. 구체적으로 무슨 이야기를 했는지는 기억
나지 않았지만 그런 대화를 할 때 연인이라면 으레 느끼는 설렘이
나 조바심, 다정함 같은 감정들이 막연하게 떠올랐다. 그런 것들
은 아무리 나누어도 줄지 않는다고 생각했다. 한때 그녀는 그 생
각에 확신이 있었다. 그러나 지금은 아니었다. 그녀는 문득 우리
는 왜 할말이 없을까, 하고 낮게 중얼거렸다. 진욱은 반응이 없었
다. 그녀의 말을 듣지 못했을지도 몰랐다. 그녀는 텔레비전을 보
고 있는 진욱을 가만히 쳐다보았다. 진욱이 무심하게 리모컨을 눌
러대다 이내 멈추었다. 그녀가 진욱을 향해 말문을 열었다.

"내가 재미있는 이야기 해줄까?"

그녀의 말에 진욱은 응, 하고 무성의하게 대답했다.

"태국인가, 필리핀인가 아무튼 어디 외국에서 한국으로 시집
온 여자가 있었어. 키가 백오십 센티밖에 되지 않았는데 몸무게가
이십구 킬로그램이라는 거야."

그녀의 말에 진욱은 또 응, 하고 대답했다. 그녀는 거식증이래,
하고 덧붙였다.

"한국 음식이 입에 전혀 맞지 않았다는 거야. 얼굴이 아주 많이
늙어 보였어. 이십대밖에 되지 않는데도. 쪼그리고 앉아서 대답하
는 모습이 마치 노파 같았어."

거기까지 말하고 그녀가 잠시 말을 멈추었다. 그녀가 한 번씩
뜸을 들일 때마다 진욱은 응, 하고 대답을 했다. 그때 마침 진욱이

보던 프로그램이 끝났다. 진욱은 아나운서의 마무리 멘트가 채 끝나기도 전에 리모컨을 눌렀다. 채널 몇 개가 순식간에 넘어갔다.

"그 여자가 의식하고 챙겨 먹는 게 딱 두 개가 있대. 하나는 초콜릿, 다른 하나는 비타민."

그녀가 진욱의 어깨에 머리를 기댔다. 진욱은 또 응, 하고 대답하며 볼만한 프로인지 판단하기 위해 화면을 관찰했다. 응, 하고 말할 때의 울림이 그녀의 귓속으로 전달되었다. 그녀는 그 울림이 간질거리는 것처럼 느껴졌다.

"그 여자에게 딸이 하나 있었어. 네댓 살쯤 되어 보였는데, 그 여자는 아이에게 간도 맞추지 않은 음식을 먹이는가 하면 바닥을 훔치던 걸레로 아이 얼굴을 닦기도 했어."

진욱이 리모컨을 내려놓고 그녀의 얼굴을 쳐다보았다. 그녀와 진욱의 눈이 마주쳤다. 진욱이 말했다.

"그게 재미있어?"

그 말에 그녀는 갑자기 웃음이 나왔다.

"재밌지 않아? 그 여자는 음식은 아예 먹으려 하질 않으면서도 종합 비타민만큼은 꼬박꼬박 챙겨 먹는다는 거잖아."

그녀와 달리 진욱은 웃지 않았다. 그렇다고 화가 났다든지 황당하다든지 하는 표정도 아니었다. 진욱은 그저 무심한 표정으로 그녀의 얼굴을 물끄러미 바라보다가 다시 텔레비전으로 시선을 돌렸다. 그녀는 진욱의 어깨에 기댄 채로 계속 말했다.

"살 수 있을까, 그 여자?"

진욱은 아무 대답도 하지 않았다. 그 여자의 이야기는 얼마 전 텔레비전에서 방송한 것이었다. 여자보다 스무 살이 더 많은 남편의 얼굴은 방송에 드러나지 않았다. 그녀는 아주 많이 늙은 얼굴로 비타민을 간신히 삼키던 그 여자를 떠올렸다. 그 모습을 볼 때 그녀는 깜짝 놀랐었다. 바싹 쪼그라든 여자의 목구멍으로 굵은 알약이 넘어가는 모습이 생생하게 보였기 때문이었다. 여자의 목은 상당히 길었다. 그녀는 화면 속 여자의 식도를 타고 아주 천천히 내려가는 알약을 눈으로 좇았다. 위에서 아래로. 아주 느린 속도였다. 목을 따라 내려가는 알약이 여자의 피부를 조금 부풀렸다. 불룩한 것이 천천히 내려가고 있었다. 그녀는 자신도 모르게 숨을 죽였다. 텔레비전은 얼핏 정지화면처럼 보이는 그 모습을 계속 보여주었다. 내레이션이 들려왔지만 그녀는 귀기울여 듣지 않았다. 그 순간은 오직 알약의 움직임만 보였을 뿐이다. 화면이 전환되고 여자의 딸에게로 초점이 맞추어지자 그제야 그녀는 숨을 내쉬었다. 숨소리가 거칠었다. 그녀는 다시 크게 숨을 들이마셨다. 심장이 빠르게 뛰었다. 그녀는 거식증의 여자에게서 무언가를 보았다고 생각했다. 독하고 징그럽지만 버릴 수 없는 것. 그녀에게도 익숙한 것이었다.

살 수 있을까, 그녀가 낮은 목소리로 다시 한번 중얼거렸다. 진욱은 아무 대답도 하지 않았다. 그 순간 현관에서 노크하는 소리가 났다. 그녀가 문을 열었다. 민서와 민서 어머니였다. 그녀는 몸을 모로 틀어 모녀가 들어오도록 배려했다. 민서 어머니는 곧바로 화장실로 들어갔다. 민서는 멀뚱히 서서 그녀를 쳐다보았다. 그녀는 잠깐 망설이다 민서에게 말했다.

"들어와서 기다릴래?"

민서가 고개를 꾸벅 숙이며 거실로 향했다. 그리고 어정쩡하게 서 있는 진욱의 옆자리에 앉았다. 방금까지 그녀가 앉아 있던 자리였다. 그녀는 이상한 기분에 사로잡혔다. 진욱은 잠깐 주저하다 제자리에 앉았다. 그녀는 잠시 민서를 바라보다 부엌에서 오렌지 주스를 챙겨왔다. 민서는 유리컵을 붙잡고 주스를 단숨에 삼켰다. 진욱이 민서의 목을 멀거니 쳐다보았다.

물을 내리는 소리가 나더니 금세 민서 어머니가 나왔다. 진욱이 대각선 자리를 가리키며 앉으세요, 하고 권하자마자 민서 어머니는 털썩 소리가 나게 소파에 앉았다. 그녀는 어디에 앉아야 할지 몰라 잠시 주저하다 민서 어머니 옆에 앉았다. 갑자기 민서 어머니가 웃기 시작했다.

"이렇게 보니 그쪽이 꼭 부부 같네."

민서 어머니는 나란히 앉아 있는 진욱과 민서를 가리켰다. 그녀는 다시 두통약을 떠올렸다. 민서 어머니는 그녀 쪽을 쳐다보며 문득 생각났다는 듯 말을 이었다.

"해봤어?"

"네?"

그녀가 되물었다.

"낮에 말한 거 해봤냐고. 효과가 있지?"

그녀는 진욱의 얼굴을 살폈다. 진욱은 영문을 모른 채 그녀를 쳐다보았다. 진욱과 민서의 얼굴이 나란히 겹쳐서 보였다. 민서가 자신의 어머니와 그녀의 얼굴을 번갈아 바라보았다.

"민서가 알려줬어. 어린 게 그런 건 또 어떻게 알았는지."

그녀는 어떤 대답을 해야 할지 알 수가 없었다. 민서가 부끄러운 듯 미소를 지어 보였다. 민서 어머니가 대견하다는 듯 민서를 쳐다보았다. 그녀는 어디서부터 잘못된 건지 더듬어보았지만 막연해지기만 했다. 그저 두통약이 간절했다. 민서 어머니는 그녀에 대한 칭찬과 민서에 대한 자랑, 그리고 진욱에 대한 사담을 끈질기게 늘어놓았다. 그녀와 달리 진욱은 유쾌해 보였다. 민서 어머니가 진욱의 출신 학교와 전공을 묻더니 민서의 과외를 제안했다.

"요즘 믿을 만한 사람 구하기가 힘들잖아. 명문대면 뭐해. 글쎄, 내 친구 딸은 과외 선생이 그애 허벅지를 만졌대."

민서 어머니는 이야기하는 중간에 동의를 구하듯 그녀를 쳐다보았다. 그녀는 애써 못 본 척했다.

"얼마나 무서워. 안 그래, 민서야."

민서 어머니가 민서를 향해 되물었다. 민서가 낯을 붉히며 천천히 고개를 끄덕였다. 진욱이 무리예요, 하고 웃으며 대답했다. 민서는 진욱의 얼굴을 쳐다보다 갑자기 벌떡 일어났다. 진욱의 얼굴 근처로 민서의 스커트 자락이 살랑거렸다.

"잠시 화장실 좀."

민서가 말했다. 진욱이 소파 쪽으로 무릎을 붙여 민서가 지나가 도록 길을 터줬다. 민서의 맨다리가 진욱의 무릎을 스쳤다. 민서 는 종종거리며 화장실로 들어가 문을 닫았다. 그녀는 민서가 일부 러 진욱의 다리를 건드렸다는 생각을 떨칠 수가 없었다. 그때 민 서 어머니가 갑자기 일어섰다. 집에 들러 가스불을 끄고 오겠다 며, 지금 무언가를 끓이고 있는데 완성되면 새댁네한테도 넉넉하 게 주겠다고 말했다. 남자한테 좋대, 라고 덧붙이며 민서 어머니 는 그녀의 팔을 툭, 하고 쳤다. 그녀는 민서 어머니의 뒤통수를 향 해 접시를 챙겨오라는 말을 하고 싶었다. 그녀가 머뭇거리는 사이 민서 어머니는 밖으로 나가버렸다.

거실엔 그녀와 진욱만이 남아 서로를 바라보았다. 침묵이 흘렀 다. 진욱은 천천히 고개를 돌려 꺼진 텔레비전을 쳐다보았다. 그 녀는 그런 진욱을 쳐다보았다. 싱크대에서 물이 한 방울씩 떨어지 는 소리, 시계 초침이 지나가는 소리 따위가 유난히 크게 느껴졌 다. 그녀는 쉽게 입을 열지 못했다. 화장실 쪽에서 바스락거리는 소리가 희미하게 들렸다. 진욱이 움찔거렸다. 그녀는 진욱이 화장 실에서 나는 소리에 귀를 기울이고 있다고 생각했다. 연이어 쪼르 륵, 하고 오줌 누는 소리가 들려왔다. 그녀는 민서 자리에 놓인 유리컵을 바라보았다. 빈 유리컵 표면에 맺힌 물방울이 아래로 천천히 미끄러지고 있었다. 그녀 또한 가라앉는 기분이었다.

한참이나 이어지던 오줌 소리가 그치고 다시 바스락거리는 소리가 났다. 그녀는 화장실 안에 있는 민서를 떠올렸다. 스커트 자락 아래로 팬티를 끌어올리는 모습을, 팬티가 스쳐지나간 하얀 허벅지를, 엉덩이를, 그리고 허리를. 진욱은 여전히 꺼진 텔레비전에서 고개를 돌리지 않고 있었다.

한참 만에 민서가 화장실에서 나왔다. 그러고는 쑥스러운 듯 너무 급해서, 하고 말을 덧붙였다. 그녀는 고개를 끄덕여 보였다. 민서는 자신의 어머니가 없다는 걸 눈치채고는 저도 이만 가볼게요, 하고 고개를 숙였다. 민서가 나가고 난 후 그녀는 진욱을 쳐다보았다. 그녀는 남편마저 잃고 싶지는 않다고 생각했다. 그녀는 자신의 접시와 비타민, 테이블의 얼룩을 차례대로 떠올렸다. 그리고 민서가 앉았던 자리를 물끄러미 바라보았다. 한때 자신에게 넘쳤던, 그러나 지금은 사라진 어떤 것들이 생각났다. 되찾을 수 없는 것이었다. 그녀는 지금이 바로 버려야 할 때라고 확신했다. 용기가 필요했다. 그녀는 잠시 망설이다가 이내 결심한 듯 현관 쪽으로 빠르게 걸어갔다. 진욱이 그녀를 뒤따랐다.

"갑자기 왜 그래?"

진욱의 말에 그녀는 아무 대답도 하지 않고 원목 서랍장 위에 놓인 비타민 통을 들어올렸다. 그리고 화장실로 들어가 변기 속으로 비타민을 쏟아부었다. 비타민 알들이 퐁당거리며 물속으로 빠졌다. 희미한 단내와 물비린내가 퍼졌다. 그녀는 변기 물을 내렸다. 진욱이 말려보려 했지만 소용없었다. 그녀는 손에 쥐고 있는 통을 눈으로 확인했다. 아무것도 없는, 완전한 빈 통이었다. 그녀는 진욱의 눈앞에 빈 통을 들어올려 그에게 확인시켰다.

"아무것도 없어."

그녀가 나직하게 말했다. 이게 원래의 모습이라고 그녀는 생각했다. 원래대로 되돌아간 것뿐이라고. 진욱은 아무 말도 없이 그저 그녀를 꼭 끌어안았다.

바퀴벌레

바퀴벌레가 있어.

조심스레 아내에게 말했다. 핸드폰 너머의 아내는 아무 말이 없었다. 감정이 드러나지 않도록 조심하며 나는 다시 입을 열었다.

화장실 쪽이었던 것 같아.

아내는 여전히 아무 말도 하지 않았다. 내 목소리가 조금 떨렸던가. 나는 괜히 헛기침을 했다. 무서워서 그런 게 아니라 그저 목이 조금 잠겼을 뿐인 척. 일부러 성대를 긁으니 정말로 목이 간지러워졌다. 미처 막을 새도 없이 기침이 터져나왔다. 얕은 한숨 소리가 핸드폰을 넘어왔다. 나는 핸드폰을 얼굴에서 조금 떼어내고 기침을 쏟아냈다. 눈물이 찔끔 났다.

한 손에 핸드폰을 쥔 채로 주머니에서 손수건을 꺼냈다. 손수건으로 입을 틀어막고 숨을 가다듬자 천천히 기침이 잦아들었다. 통화는 이미 종료되어 있었다. 기침을 하느라 내가 실수로 종료 버튼을 누른 것이라고 생각하기로 했다. 그렇게 생각하니 아내에게 미안했다. 미안한 건 그 때문이다.

손수건 가장자리에 옷감의 보풀이 매달려 있었다. 시커먼 덩어리가 먼지처럼 더럽게 느껴졌다. 손가락으로 보풀 덩어리를 떼어냈다. 아주 짙은 검회색이었다. 그제야 내가 오래된 코트를 입고 나왔다는 걸 깨달았다. 나는 손수건을 코트 주머니에 집어넣고 주변을 둘러보았다. 평일 낮의 프랜차이즈 카페는 한가했다. 몇 명 되지 않는 손님들은 내게 관심이 없었다. 아무도 나를 쳐다보고 있지 않았다. 나는 소매로 멋쩍게 입가를 문질렀다. 소매는 반질반질하게 닳아 있었다.

아내와 결혼하기 훨씬 전부터 입고 다니던 코트였다. 옷에 무관심했던 터라 코트 하나, 점퍼 하나면 외투는 충분하다고 생각했다. 검정색이라 때가 탄 게 잘 티나지도 않았다. 단지 그뿐이었다. 어정쩡한 길이와 제비 꼬리처럼 두 갈래로 갈라지는 코트 뒤태가 그토록 볼썽사나운 줄은 정말로 몰랐다.

바퀴벌레 같아.

아내가 한 말이었다. 아내는 이 코트를 정말 싫어했다. 연애할 때도 몇 번이나 갖다버리라고 할 정도였다. 나는 해마다 코트를 버릴 결심을 했다. 그리고 결심은 번번이 무산됐다. 겨울을 보내고 나면 코트는 또 입을 만해 보였다. 옷장에 넣어둔 코트를 다음 해에 다시 꺼내 입을 수밖에 없었다. 드라이클리닝 비용은 꽤 아깝게 느껴졌다.

저번엔 세탁소에 맡겼었나. 나는 찬찬히 기억을 더듬었다. 작년 10월에 결혼을 했다. 곧바로 겨울이 왔고 곁엔 아내가 있었다. 코트를 꺼내 입었다면 아내가 가만두지 않았을 것이다. 아내와 백화점에서 새 코트를 산 기억이 났다. 밝은 갈색 코트였다. 길이는 적당히 길어 점잖게 여겨졌다. 세련되어 보인다고 아내가 말했다. 갈색 코트에 어울리는 캐시미어 목도리를 산 기억도 났다. 그러니까 작년 겨울에는 이 코트를 입은 적이 없었다. 아니 이 코트가 있는지도 몰랐다. 설마 신혼집까지 이 코트가 딸려왔을 줄은 더욱 몰랐다.

테이블 위로 햇빛이 길게 들어찼다. 나는 보고 있던 소설책을 덮었다. 종이에 빛이 반사되어 눈이 아렸다. 책은 아내의 것이었다. 아내는 단 한 번도 이 책을 펼쳐본 적이 없는 것 같았다. 접힌 자국 하나 없이 말끔한 책등이 눈에 띄었다. 어쨌든 책은 아내의 것이다. 나는 몇 번이나 그 사실을 곱씹었다.

뻑뻑한 눈을 연신 비볐다. 카페 안은 건조했다. 더운 바람을 내뿜는 맹렬한 기계 소리가 선명하게 들려왔다. 눈이 무척 따가웠다. 지난 몇 달간 나는 수입이 없었다. 간단히 말하자면 백수로 전락했다. 며칠만 더 지나면 결혼 기간의 절반을 꽉 채우게 될 것이다. 나는 책을, 그러니까 '아내의 것'을 만지작거렸다. 빳빳하게 코팅된 책의 표지가 서늘했다.

아직 세시. 나는 시간만 확인하고 핸드폰을 곧바로 집어넣었다. 핸드폰 요금조차 아내가 납부하고 있었다. 그렇다면 이 핸드폰은 내 것인가 아내의 것인가. 핸드폰의 명의는 분명 내 이름이었다. 그뿐이었다. 나는 내 이름에 아무런 값을 지불하지 못하고 있었다.

어쩌면 온전히 내 것으로 남은 건 이 낡은 코트밖에 없는지도 몰랐다.

언중유골이라 했지요.

학장이 나직하게 말했다. 학장은 그 단어를 쓰고 굉장히 뿌듯한 표정을 지었다. 나는 이런 때에 쓰는 말이 아니라고 하고 싶었지만 잔의 손잡이만 만지작댔다. 찻잔 안에 든 게 녹차인가 우롱차인가. 두 개가 다르긴 한가. 색도 비슷한데. 그때 나는 하릴없이 그런 생각만 해댔다. 찻잔 안의 액체에 동그란 파문이 일었다.

방금 흔들리지 않았습니까.

나는 학장에게 말했다. 학장이 굉장히 한심하다는 눈으로 나를 쳐다봤다.

그런 건 중요하지 않습니다.

학장이 애써 웃는 표정을 지어 보였다.

때로는 가만히 있는 것도 방법일 수 있어요.

학장이 조용하지만 힘있는 목소리로 말했다. 가만히 있으라. 나는 학장의 그 말을 곱씹어보았다. 왜 나한테 다들 가만히 있으라고 하나. 나는 찻잔에서 눈을 떼고 학장의 얼굴을 쳐다보았다. 학장은 여전히 사람 좋은 미소를 띠고 있었다. 한 대 맞기라도 한다면 저 표정이 달라질까. 나는 괜히 주먹을 쥐었다가 펴보았다. 그런 내가 웃겨 피식거렸다. 맞아본 적도 때려본 적도 없는 손이었다. 운동하고는 거리가 멀었다. 펜보다 무거운 건 들어본 적이 없다고 말하던 나였다. 그런 주제에 여학생에게 지분거릴 배짱이 어디 있겠는가. 이런 자리가 몇번째인지 몰랐다.

아까도 말했다시피, 언중유골 아니겠습니까.

학장이 말했다. 다시 한번 발밑으로 진동이 느껴졌다. 찻잔이 파르르 떨렸다. 학장 뒤로 바퀴벌레가 지나갔다. 사람 아닌 것들이 재난을 더 빨리 느낀다는 말을 들은 적이 있었다. 바퀴벌레는 창틈으로 빠르게 빠져나갔다. 가만히 있지 않는구나. 바퀴벌레의 궤적이 선명하게 보이는 듯했다.

억울한 면이 있을지도 모르지만 또 완전히 결백하다고도 할 수 없겠지요.

학장이 말을 이었다.

어깨를 만진 건 사실 아닙니까.

나는 어깨를 만지다, 와 어깨를 두드리다, 의 차이를 생각했다. 그 차이가 말의 뼈인가. 나는 학장의 얼굴 너머로 보이는 창문을 쳐다보았다. 햇빛이 잘 드는 창이었다. 침을 뱉고 싶었다.

　세시가 조금 지나 있었다. 나는 창으로 길게 늘어지는 햇빛을 하릴없이 쳐다보았다. 아내의 퇴근시간까지 몇 시간을 더 뭉개고 앉아 있어야만 했다. 건조하고 무료했다. 카페에서 더 할 수 있는 일이 없었다. 그렇다고 집에 갈 수도 없었다. 바퀴벌레는 내가 혼자 있을 때만 나타나기 때문이었다.

　바퀴벌레가 나오기 시작한 건 얼마 되지 않았다. 집은 지어진 지 일 년도 채 되지 않은 신축 빌라였고 우리 부부가 이 집의 첫 입주민이었다. 그러니까 바퀴벌레는 이 집에서 나오면 안 되었다. 화를 내는 나에 비해 아내는 이 일을 대수롭지 않게 여겼다.

　잡아.

　아내가 내게 말했다.

　나올 때마다 잡으라고.

　나도 아내의 말대로 하고 싶었다. 그렇지만 결국 그렇게 하지 못했다.

　나는 바퀴벌레를 잡을 수 없었다. 바퀴벌레를 한 번도 잡아본 적이 없다고 하면 당연히 거짓말이다. 바퀴벌레만큼 익숙한 해충이 또 어디 있겠는가. 군대에 있을 때는 커다란 바퀴벌레가 얼굴로 날아와 놀란 적도 여러 번 있었다. 그럴 때마다 나는 아무 거리낌 없이 그것들을 밟아 죽였다. 그리고 난 뒤 신발 밑창을 흙바닥에 직직 비벼대면 으깨진 조각들이 흩어졌다. 무척 쉬웠다.

그러나 그건 전부 옛일이었다. 나는 이제 더이상 바퀴벌레를 잡지 못했다.

내가 집에 혼자 있을 때 나타난 바퀴벌레는 듬성듬성 가시가 돋은 다리로 가뿐하게 몸을 움직였다. 나는 여섯 개의 가느다란 다리가 실크 벽지를 짚어대는 소리를 선명하게 들을 수 있었다. 소리만으로 바퀴벌레의 크기를 짐작할 수 있을 정도였다. 바퀴벌레의 다리에 돋아 있는 작은 가시들이 벽지를 훑고 긁는 소리가 들려오면 나는 눈으로 소리를 좇았다. 어김없이 그곳엔 매끈한 등껍질과 흔들리는 더듬이가 보였다.

내가 바퀴벌레를 발견해 쳐다보면 바퀴벌레는 꼼짝 않고 그 자리에 멈추었다. 머리카락처럼 가느다란 더듬이가 조금씩 흔들렸다. 냉장고가 징징 소리를 냈다. 그 소리에 맞춰 더듬이가 움직이는 것 같았다. 더듬이 말고는 아무것도 움직이지 않았다. 나는 숨소리조차 쉽게 낼 수 없었다. 바퀴벌레는 어떤 낌새를 느끼기 위해 온 감각을 동원하고 있는 것 같았다. 그러니까 내가 숨이라도 몰아쉰다면, 눈이라도 깜빡여버린다면, 그래서 바퀴벌레에게 내가 있다는 걸 들키기라도 한다면. 나는 긴장으로 온몸이 뻣뻣해졌다. 가만히 있어. 목소리가 들리는 듯했다.

집에는 바퀴벌레와, 바퀴벌레조차 잡지 못하는 남편이 있었다. 아내는 내게 아무것도 묻지 않았다.

아내는 오전 아홉시부터 오후 여섯시까지 근무했다. 근처에서 장을 보고 집에 돌아오면 일곱시쯤이었다. 나는 아내가 돌아오는 시간에 맞추어 집에 들어갔다. 코트를 벗어 옷장 깊숙이 집어넣고 나니 현관문이 열렸다. 나는 재빨리 옷장을 닫았다. 아내에게 코트를 들키고 싶지 않았다.

카페 갔었어?

아내가 말했다.

괜찮아?

나는 아내의 얼굴을 쳐다보았다. 아내는 나의 불면증을 걱정하는 것이었다. 아내에게 고개를 끄덕여 보였다. 내가 아내의 카드를 사용했다는 것은 뒤늦게 생각이 났다.

젓가락만 분주히 식탁 위를 돌아다녔다. 젓가락이 그릇에 닿을 때마다 달각거리는 소리가 났다. 식욕이 없다고 느꼈던 게 거짓말인 것처럼 나는 열심히 밥을 먹었다. 달각거리는 소리는 더 자주 났다. 소리가 부끄럽게 느껴졌지만 할 수 있는 게 없었다. 나는 입안에서 밥알이 부서지고 뭉개지는 감각에만 집중했다. 아내가 입을 열었다.

다음엔 거기 말고 건너편에 가. 더 작아서 그런지 조용하더라.

그리고 아내는 빈 컵을 식탁 위에 내려놓았다. 물 더 줄까, 하고 묻자 아내는 고개를 저었다. 나는 아내가 말한 카페를 알고 있었다. 오늘 갔던 카페에서 내려다보이는 작은 곳이었다. 여긴 아메리카노가 육천원, 저긴 사천오백원. 여긴 이층, 저긴 일층. 카페 앞에서 나는 두 곳을 비교했다. 이층의 육천원을 선택한 건 내 의지였다. 아내의 말 속에서 천오백원의 무게가 느껴졌다. 나는 어색하게 웃어 보였다. 아내는 내 얼굴을 쳐다보지 않았다.

현관문 밖에서 계단을 디디는 소리가 요란하게 울려퍼졌다. 하이힐 소리 하나, 무겁고 급한 구둣발 소리 둘. 소리만으로 신발의 주인이 누군지 짐작할 수 있었다. 502호 여자와 그 일행일 것이다. 비틀거리며 걷고 있다는 게 발소리로 고스란히 느껴졌다. 불규칙한 발소리 사이로 웅얼거리는 목소리가 함께 들려왔다. 즐거운 것 같았다. 그릇을 치우면서도 현관문 밖의 소음에 집중했다. 이 집과 502호는 모서리를 낀 채 붙어 있는 구조였다. 502호가 문을 활짝 열어젖히면 이 집의 현관문과 부딪쳤다.

어김없이 쿵, 하는 소리가 크게 들려왔다. 아내는 식탁에 턱을 괴고 앉은 채 현관문 쪽을 쳐다보고 있었다.

열심히 산다.

아내가 중얼거렸다. 502호 여자의 웃음소리가 선명하게 들렸다. 남자들이 번갈아 여자에게 무어라고 말을 했다. 내용을 알아들을 수는 없었다. 곧이어 502호의 현관문이 닫히는 소리가 크게 울렸다. 소음은 더이상 들리지 않았다.

아내는 낮의 통화에 대해 아무 말도 하지 않았다. 그런 전화를 한 건 처음이었다. 나는 아내에게 무언가 더 말하고 싶었다. 그렇지만 무엇을 말해야 할지 알 수 없었다. 아내는 집에 바퀴벌레가 나온다는 사실을 이미 알고 있었다. 새삼 내가 전화를 해서 알릴 만한 일이 아니었다. 아내는 내가 바퀴벌레를 잡지 못한다는 사실도 알고 있었다. 그 점에 대해 실망한 적도 없었다. 그렇지만 바퀴벌레를 보고 도망친 남편에 대해서도 정말 실망하지 않았을까. 견디는 것과 도망치는 것은 달랐다. 아내는 여전히 식탁 의자에 비스듬히 앉아 있었다. 아내는 이 집에 나타나는 바퀴벌레를 직접 본 적이 없었다. 바퀴벌레는 나 혼자 있을 때만 골라서 나타나니까. 아내는 그게 이상하다는 말조차 내게 한 적이 없었다.

아내는 내 말을 믿긴 할까. 나는 아내에게 할 수 있는 말도, 들을 수 있는 말도 찾지 못했다.

옆집에서 다시 소음이 들려오기 시작했다. 콘크리트 벽을 사이에 두었는데도 목소리가 점점 커지는 게 느껴졌다. 술판이 제대로 벌어진 것 같았다. 내용이 명확하게 들리지는 않았다. 벽을 통과해서 들려오는 소리는 한껏 뭉개져 웅얼거리기만 했다.

502호에는 여자 혼자 살고 있다고 했다. 우리보다 두 달 먼저 입주했다고도 했다. 혼자 사는 그녀가 혼자 있는 일이 거의 없다는 사실은 금방 알 수 있었다. 그녀는 거의 날마다 남자들을 집으로 불러들여 밤새 술을 마시고 떠들고 웃고 섹스를 했다. 그녀는 낮에만 조용했다. 나는 그녀의 집안을 어렵지 않게 상상할 수 있었다. 유일하게 조용한 그 시간에 청소를 할 것 같지는 않았으니까. 수많은 배달음식이 그 집에서 썩어가고 있을 것만 같았다. 바퀴벌레는 습하고 더러운 곳에 모이기 마련이다. 어쩌면 바퀴벌레는 502호에서 기어나오는 게 아닐까. 그곳에 바글바글하게 모여 있는 바퀴벌레가 선명하게 떠올랐다. 나는 나직하게 바퀴벌레, 하고 소리 내어보았다.

아직도 보여?

아내가 말했다. 응? 하고 되묻자 아내는 잠깐 멈칫하더니 말을 더 잇지 않았다.

옆집 여자의 목소리가 드문드문 들려왔다. 두 남자도 번갈아 목소리를 높였다. 나뒹구는 술병과 먹다 남은 음식 찌꺼기가 쉽게 떠올랐다. 바퀴벌레는 한 마리라도 보이기 시작하면 이미 수백 마리가 살고 있는 것이라 했다. 썩어가는 배달음식 사이로 동그란 알을 낳는 바퀴벌레의 모습도 이어서 떠올랐다.

옆집 여자 본 적 있어?

아내에게 물었다. 아내는 고개를 저었다.

그냥 가만히 있어.

나는 아내의 말에 아무 대꾸도 하지 않았다. 바퀴벌레를 잡아야 하는데 어떻게 그냥 가만히 있느냐. 원인을 제거해야 잡을 거 아니냐. 옆집이 원인인 게 뻔하지 않으냐. 하고 싶은 말이 두서없이 떠올랐다. 하지만 그 어떤 말도 입 밖으로 나오지 않았다.

옆집 여자가 깔깔거리며 웃었다. 여자의 목소리는 무척 높아서 너무 잘 들렸다. 스스로 제어가 되지 않을 정도로 취한 모양이었다. 두 남자의 웃음소리도 뒤따라 들려왔다. 섹스는 어느 쪽이랑 하나. 나는 얼굴도 모르는 사람들의 벌거벗은 몸을 상상했다. 바퀴벌레는 위기가 닥쳤을 때 온 힘을 다해 알을 낳는다. 나는 죽기 직전의 바퀴벌레가 떨어뜨린 알집이 얼마나 묵직했는지 기억해냈다. 그걸 집어들고 태워야 한다던 놈이 누구였더라.

벌레 같아.

아내가 나직하게 말했다. 열심히 사는, 벌레들. 나는 아내의 말을 조합해보았다. 어쩐지 그리 나쁘게 느껴지지 않았다.

뭔가가 걸린 거 같아.

침대에 눕다 말고 아내가 말했다. 나는 다시 불을 켰다.

금이 간 것 같기도 하고.

아내는 입을 살짝 벌린 채 혓바닥으로 어금니를 훑고 있었다. 아내는 나를 향해 입을 크게 벌렸다. 나는 고개를 숙여 아내의 입 안을 들여다보았다.

보여?

빛이 고르지 않아 잘 보이지 않았다. 내가 아내 쪽으로 몸을 기울이면 아내 얼굴 위로 내 그림자가 짙게 깔렸다. 몇 번이나 자세를 고쳐봤지만 소용없었다. 아내의 혓바닥이 다시 움직였다.

보이냐고.

아무 말도 할 수 없었다. 나는 아내의 어금니 안쪽을 봐야 했다. 하지만 보이는 건 시커먼 구멍뿐이었다. 아무것도 보이지 않았다. 아내는 나를 향해 고개를 치켜든 채 크게 입을 벌리고 있었다. 허공에 뜬 시커먼 구멍이 나를 쳐다보았다.

응. 보여.

아내의 얼굴을 두 손으로 감싸쥐었다. 얼굴이 차가웠다. 나는 고개를 숙여 아내의 어둠을 공들여 살폈다.

아주 잘 보여.

나는 잘 보인다고 몇 번이나 말했다. 아내는 더이상 내게 아무 말도 하지 않았다.

아내와 나는 대학 시절에 만났다. 함께 있던 동아리실에서는 유난히 벌레가 자주 나왔다. 그때의 나는 돌돌 만 신문지로 어지간한 벌레는 다 때려잡을 수 있었다. 여학생들은 벌레가 나오면 약속이나 한 듯이 내 등뒤로 숨었다. 내가 벌레를 향해 신문지를 휘두를 때마다 여학생들은 비명을 질렀다. 아내도 그때 비명을 질렀을까. 그때는 아내와 사귀기 전이었다. 나는 아내의 어린 얼굴을 떠올려보았다. 애초에 아내가 내 등뒤로 숨기는 했을까. 아내가 내 등을 믿은 적이 있기나 할까. 생각을 거듭할수록 아내의 얼굴이 제대로 기억나지 않았다.

나는 조금씩 들썩이는 아내의 어깨를 쳐다보았다. 아내의 밭은 숨이 희미하게 들려왔다. 잠옷 너머로 아내의 야윈 등이 느껴졌다. 아내의 등을 보는 건 처음인 것 같았다. 아내는 모로 누운 자세로 벽에 바짝 붙어 있었다. 아내는 이를 가는 버릇이 있었다. 깊은 잠이 들면 아내는 이를 갈기 시작했다. 거꾸로 말하자면 이갈이가 시작되어야 잠이 들었다는 뜻이기도 했다.

지금 등을 보인 채 누워 있는 아내는 잠들지 않았다. 아내의 숨소리 사이로 옆집 여자의 목소리가 들려왔다. 아내의 등 너머로 벽이 보였다. 벽 너머는 옆집의 침실일 것이다. 나는 옆집 여자의 숨가쁜 목소리에 귀를 기울였다.

언젠가 나는 바퀴벌레가 알집을 떨어뜨리는 순간을 본 적이 있었다. 내가 그것을 죽이기 직전이었을 것이다. 바퀴벌레는 지금도 이 집을 배회하나. 구석구석에 동그란 알을 떨어뜨려놓았나. 가느다란 다리가 벽지를 긁는 소리가 들리는 것 같았다. 아내는 정말로 이 집에서 바퀴벌레를 본 적이 없을까.

아내는 조금씩 더 빠르게 달싹였다. 나는 아내의 움직임을 계속해서 쳐다보았다. 아내의 손가락이 팬티 안에 있다는 건 이미 알고 있었다. 아내는 '아내의 것'에 열중하고 있었다. 동그랗게 말린 등이 보였다. 아내의 얼굴은 붉게 달아올라 있을 것이다. 나는 그 얼굴을 알고 있었다. 아내의 등을 보며 아내의 얼굴을 상상했다. 상상을 하면 할수록 아내의 얼굴은 자꾸만 달라졌다. 옆집 여자의 신음이 점점 높아졌다. 아내가 가쁜 숨을 내쉬었다. 앙다문 잇새로 옅은 신음이 흘러나왔다. 그러니까 어금니에 금이 가지. 나는 아내의 입안에 내 손가락을 집어넣고 싶었다. 아내의 어금니 사이에서 부서지고 뭉개지는 살덩이를 상상하는 건 쉬웠다. 손가락부터 몸통까지 천천히. 나는 금이 간 어금니를 상상했다. 뭔가가 걸린 거 같아. 아내의 말을 떠올렸다. 가느다란 금은 바퀴벌레의 더듬이나 다리 같은 것일지도 몰랐다. 사람은 수면중에 생각보다 많은 벌레를 삼킨다고 했다. 어디서 들었는지는 기억나지 않았다.

팬티 속으로 손을 집어넣고 성기를 감싸쥐어보았다. 발기하지 않은 성기는 부드러웠다. 손바닥이 따뜻하고 축축했다. 옆집 여자의 비명 같은 소리가 점점 커졌다. 더럽고 축축한 그곳에서 바퀴벌레가 뽀옥뽀옥 동그란 알을 낳는 소리도 같이 들려오는 듯했다. 나는 눈앞의 어둠을 응시했다. 벽과 그 벽 너머가 희미하게 보였다. 벌레와 벌레 같은 것들이 한데 뭉쳐져 바글거리고 있었다. 발기되지 않는 성기를 힘주어 주물렀다. 여전히 말랑하고 부드러웠다. 나는 성기를 움켜쥔 채 그대로 가만히 있었다.

어둠 속에서 아내가 여전히, 열심히 움직이고 있었다. 보이는 건 그런 것뿐이었다.

타조 아니면 낙타

이번 주말은 근처에 바람이라도 쐬러 가는 게 어떠냐고 태경이 말했다. 나는 작게 고개를 끄덕였다. 태경은 내 대답이 떨어지자마자 핸드폰을 내 얼굴 앞으로 들이밀었다.

"어때?"

태경은 기대에 찬 표정으로 나를 바라보았다. 태경이 펜션을 예약해놓은 것이었다. 나는 대답하는 대신 태경의 눈을 쳐다보았다. 눈빛이 맑았다. 단 한 점의 악의도 없어 보였다. 이건 우리의 관계를 회복하기 위해 태경 나름대로 노력한 결과물이었다. 이미 예약해놓고 형식적인 질문을 한 점이 마음에 썩 드는 건 아니지만, 괜히 뾰족한 말로 쓸데없는 싸움을 만들지 말자. 나는 애써 마음을 추스르고 괜찮아 보이네, 하고 대답해주었다. 내 대답에 태경은 더욱 들떠 보였다.

"인기가 많은 곳이라 예약하기 힘들었어."

태경이 펜션 이미지를 손가락으로 휘휘 넘기며 말했다. 태경이 보여주는 사진 속 펜션은 여느 펜션과 크게 다르지 않았다. 시시했지만, 아이처럼 들뜬 태경의 모습에 찬물을 끼얹기는 싫었다.

"멋지다."

나는 태경의 어깨를 살포시 끌어안았다.

태경과 펜션을 가기 위해 나는 한 주 동안 더 특별히 노력해야 했다. 유명인의 부정 입시 의혹이 터졌기 때문이었다. 뉴스는 연일 그 얘기만 해댔다. 그 탓에 지난달 내내 써준 자기소개서는 휴지조각이 되어버렸다. 학생들과 부모들은 수시로 내게 전화했고, 나는 더 정교하고 무결한 자소서를 쓰기 위해 애를 써야만 했다. 너무 바빠서 휴가 계획까지 잊어버릴 정도였다. 태경이 짐 가방을 꾸리고 있는 걸 보고서야 주말이 코앞이라는 걸 알았다.

"늦었네."

태경이 말했다. 나는 대답하는 대신 태경이 물건들을 챙겨넣고 있는 크고 못생긴 가방을 멍하니 쳐다보았다.

"생각보다 짐이 많아."

태경이 해맑게 웃어 보였다. 태경이 가방에 넣고 있는 물건들은 잡동사니처럼 보였다. 구형 노트북과 읽다 만 인문학 서적, 그리

고 팔뚝만한 크기의 사무용 도구를 왜 챙기는지 도저히 이해되지
않았다. 그 사무용 도구는 오랫동안 방치되어 있다가 버리려고 꺼
내둔 물건처럼 보였다.

"그거 혹시 스테이플러야?"

나는 짜증을 감추고 물었다.

"호치키스야."

태경은 그걸 가방 깊숙이 집어넣었다.

"호치키스 침도 챙길까?"

나는 아무 대답도 하지 않았다. 태경은 그 물건을 꼭 호치키스
라고 불렀다. 그게 너무 싫어서 나는 태경이 알아듣도록 힘을 주
어 스테이플러, 하고 다시 말하곤 했다. 그때마다 태경은 알겠다
고 하고선 이내 다시 호치키스라고 불렀다. 호치키스라고 하는 게
마음에 들지 않자, 태경의 다른 버릇들도 거슬리기 시작했다.

태경은 자다가 깨면 침대 끄트머리에 앉아 어린아이처럼 엉덩
이를 들썩였다. 그 반동에 나는 늘 잠이 깼다. 내가 무슨 일이야,
하고 짜증스레 물으며 몸을 일으키면 태경은 아무렇지 않은 얼굴
로 나를 쳐다보았다.

"화장실 가려고."

태경은 그렇게 말하고선 이내 거실로 나가버리곤 했다. 다시 잠
들지 못해 뒤척이는 건 온전히 내 몫이었다.

그뿐인가. 태경은 물을 마실 땐 꼭 병째로 마셨다. 내가 뭐라고

하기도 전에 태경이 안 닿았어, 하고 말해버렸기 때문에 나는 화를 낼 타이밍을 번번이 놓쳤다.

커피도 문제였다. 태경은 원두를 갈아 마시는 내 행동이 번거로워 보인다며 일회용 커피믹스를 잔뜩 사다놓았다. 태경은 원래 커피를 마시지 않았고 나는 커피믹스 따윈 취급하지 않았다. 태경은 포장이 뜯기지 않은 채 주방 구석에 놓인 커피믹스 박스를 볼 때마다 아깝다고 중얼댔다. 내가 그걸 박스째로 찬장에 처박아두자 태경은 그제야 아무 말도 하지 않았다.

나는 이 모든 게 스테이플러로부터 시작되었다는 생각이 들었다. 그래서 스테이플러를 서랍 깊숙한 곳에 집어넣었다. 다행히도 효과가 있었다. 태경은 더이상 스테이플러를 호치키스라고 말해 내 성질을 긁어내는 일을 하지 않았다.

그런 물건을 어찌 찾아냈는지 신기할 지경이었다. 나는 태경이 휴대용 응급처치 키트와 여분의 밴드를 더 찾아내어 가방 깊숙이 욱여넣는 모습을 보다가 방에 들어갔다. 태경은 거실을 환히 밝혀놓은 채 메모를 살펴가며 계속해서 가방에 물건을 집어넣었다.

나는 방문을 약간 열어두고 침대에 누웠다. 문틈으로 구부정하게 숙인 태경의 완만한 등이 보였다. 태경은 문틈 밖으로 사라졌다가 나타나길 반복했다. 크고 못생긴 짐 가방이 거실 한가운데 놓여 있었다. 나는 그 가방을 한쪽 어깨에 둘러메고서 삐딱하게 걸어다닐 태경의 모습을 떠올렸다. 무언가를 더 집어넣으려는지 가방 지퍼를 여는 소리가 들렸다. 뒤이어 닫는 소리가 났다. 가방 지퍼를 여는 소리와 닫는 소리는 조금 달랐기 때문에 귀를 기울이면 두 소리를 구분할 수 있었다. 지익, 거리는 소리에 맞춰 문이 닫히는 듯하다가 다시 열렸다. 웃풍이 심한 집이었다.

지퍼 소리를 듣다보니 깜깜한 방안이 못생긴 가방 속 같았다. 웃풍에 문이 열릴 때마다 쓸모없는 것들이 밀려들어오는 것만 같았다. 반복되는 지퍼 소리에 조금씩 졸음이 몰려왔다.

잠결에 허벅지에 스치는 손길이 느껴졌다. 손이 조금씩 위쪽으로 올라왔다. 나는 눈을 감은 채 잠이 깨지 않은 척 버텼다. 움직임은 이내 멈추었다.

펜션까지 가는 길은 멀었다. 묻지도 않았는데 태경은 늦어도 괜찮다는 말만 되풀이했다. 나는 내내 입을 다물었다.

한참을 간 뒤에야 펜션에 도착했다. 펜션 외벽은 칠한 지 얼마 되지 않았는지 깔끔하고 하앴다. 태경이 고심해서 숙소를 잡았다는 걸 알 수 있었지만 너무 피곤했다. 빨리 눕고 싶다는 생각만 들었다. 나와 달리 태경은 들떠 보였다. 태경은 콧노래를 흥얼거리며 차를 세웠다. 태경의 기분에 어느 정도는 맞춰줘야 할 것 같았다. 나는 애써 피곤한 기색을 감추고 미소를 지었다.

"올 거야."

태경이 빠르게 말했다.

"뭐가?"

내가 묻자 태경은 사이드브레이크를 당기며 말했다.

"박대리 부부."

내가 뭐라고 말하기도 전에 태경은 재빨리 차에서 내렸다. 그러고는 트렁크에서 그 짐 가방을 힘겹게 꺼내들었다. 태경의 팔에 힘줄이 도드라졌다. 태경이 으이차, 하는 우스꽝스러운 소리를 내며 가방을 어깨에 둘러멨다. 다시 봐도 너무 크고 못생긴 가방이었다. 태경과 가방을 도로 트렁크에 처넣고 싶었다.

박대리가 누군지는 알고 있었다. 한 번도 보지 못했지만 태경이 어찌나 이야기를 많이 했는지, 태경의 회사에 박대리와 태경 둘밖에 없나 하는 생각이 들 정도였다. 그나마 태경이 술을 즐기지는 않아서인지 회사 밖에서 만나는 일은 없다는 게 다행이라면 다행이었다. 박대리를 이렇게 만나게 될 줄은 전혀 몰랐다.

박대리를 만날 뻔한 일이 있기는 했다. 아이가 백일이 되었다며 박대리가 태경에게 초대장을 보냈었다. 아이를 낳길 원하는 태경은 친한 동료의 아이를 보며 아이가 동료와 어느 구석이 닮았는지 살피고 아기의 보드라운 살갗을 만져보고 싶어했다.

하지만 나는 아니었다. 나는 바쁘다는 말로 초대를 완곡하게 거절했다. 태경은 혼자서 백일잔치에 다녀왔다. 그날 태경이 답례품으로 가져온 수건을 어디 뒀더라. 그 촌스러운 분홍색이 소름끼치게 싫어서 어딘가에 처박아두었었다.

그날 박대리의 초대를 거절하긴 했지만 언젠가 만나게 될 거라고 생각했다. 하지만 이런 식은 아니었다. 태경은 내가 거절하리라고 생각해서 일부러 미리 말하지 않은 것이 틀림없었다.

태경이 트렁크 안에 있는 짐을 모두 꺼냈다. 언제 저 많은 짐을 쌌는지 놀라웠다.

"이따 고기 사올게."

태경이 나를 향해 씩 웃어 보였다. 태경은 육류를 별로 좋아하지 않는 나 때문에 집에서도 고기를 잘 먹지 않았다. 태경은 이제 자신도 관리하는 남자라며 너스레를 떨었지만 자기가 직접 구워 먹기 싫어서 그런다는 걸 나는 알고 있었다.

그런데 여행이나 나들이같이 집을 벗어나면 태경은 달라졌다. 내 취향은 아랑곳없이 구이용 고기들을 부위별로 잔뜩 사서 숯불에 구워댔다. 그때마다 나는 온몸 구석구석에 스며드는 고기 누린내를 견뎌야만 했다.

차에서 내려 숙소를 둘러보았다. 이층짜리 독채 건물이었다. 초록 지붕 위로 장식용 굴뚝이 솟아올라 있었다. 그림동화에나 나올 법한 모양새였다. 빈약한 상상력을 바탕으로 최선을 다해 예뻐 보이게 만들었다는 점에서 안쓰러움마저 들었다.

흰색 페인트로 칠해진 나무문을 손가락으로 천천히 쓸어내렸다. 싸구려 나일론 붓 가닥 몇 개가 페인트와 함께 굳어 있었다.

그때 건물 뒤편에서 중년의 남자가 뒷짐을 진 채 나타났다. 펜션 주인인 듯했다. 눈가 주름과 팔자주름이 그림처럼 선명한 반면 훤히 드러난 이마는 주름 하나 없이 매끈해서 기이한 인상이었다. 깊게 팬 팔자주름 탓에 남자의 입은 얼핏 조류의 부리처럼 보였다.

태경이 남자에게 펜션 주인이냐고 물으며 자신의 이름을 말하자 남자가 태경에게 열쇠를 건넨 뒤 말했다.

"일행은요?"

"곧 올 겁니다."

태경이 대답했다. 남자가 일반적인 주의사항 몇 가지를 전하고는 주차장은 농장 뒤편에 있다고 말했다. 그 말에 태경이 주차를 다시 하기 위해 차에 올라탔다. 나는 멀어져가는 태경의 차를 아무 말 없이 바라보았다. 옆에 서 있던 남자가 내 쪽을 쳐다보았다. 거대한 조류가 갑자기 홱 돌아보는 것 같아서 순간 놀랐지만 티내지 않으려 애썼다.

"놀라지 마세요."

남자가 내게 말했다.

"네?"

속마음을 들킨 것 같아 나는 깜짝 놀라며 되물었다.

"나올 수도 있어서요."

남자가 말했다.

116

"뭐가 나오는데요?"

나는 눈살을 찌푸리며 남자에게 되물었다. 남자는 숱이 얼마 없는 머리카락을 쓸어넘기며 나를 지그시 쳐다보았다. 눈동자가 탁하고 흰자에는 노란빛이 도는 큰 눈에 얼핏 장난기가 보였다.

"뭐가 나온다는 건가요?"

나는 남자에게 재차 물었다. 개나 닭일까. 아니면 혹시 곰이라도 나오나. 거기에 생각이 미치자 덜컥 겁이 났다. 남자가 팔을 뻗어 숙소 뒤편을 가리켰다. 누런 흙길이 언덕을 향해 이어져 있었다.

"언덕을 따라 쭉 올라가면 농장이 나옵니다."

남자가 팔을 천천히 내리면서 전화로 다 설명했는데, 라는 말을 덤덤하게 덧붙였다.

"가끔 탈출할 때도 있고."

"탈출이요?"

내 말에 남자가 고개를 끄덕였다.

"대체 뭐가요?"

다시 한번 물었지만 남자는 필요한 게 있으면 전화하라는 말만 남긴 채 천천히 멀어져갔다. 어깨가 좁은 탓인지 남자의 머리가 상대적으로 커 보였다. 숱이 엉성한 두피가 햇빛에 반들거렸다. 남자는 무릎에 온 하중을 실은 듯 느릿하게 걸었다. 걸을 때마다 몸 전체가 앞으로 쏠렸다. 한 마리의 거대한 새가 걷는 것 같았다. 기이한 걸음이었다. 남자는 허리도 구부정했다. 디스크 같은 질환 때문일 수도 있고, 단순 노화일지도 몰랐다. 질환이든 노화든 사람을 상하게 만든다는 점에서 둘 다 같았다.

태경이 숙소 뒤편으로 이어지는 흙길로 천천히 걸어오고 있었다. 느긋한 표정이었다. 태경에게 할말이 많았지만 무엇부터 물어야 할지 알 수 없었다. 입이 바싹 마르고 현기증이 났다.

"농장이 있어."

태경이 걸어온 길을 손가락으로 가리키며 말했다. 목을 길게 빼고 쳐다보았지만 잡풀이 듬성듬성한 모래언덕밖에 보이지 않았다.

"언덕 너머에 있어?"

내가 묻자 태경이 고개를 끄덕였다.

갑자기 바람이 불어 우리가 서 있는 쪽으로 흙먼지가 날아왔다. 바람을 타고 농장의 오물 냄새가 넘어오는 것 같았다. 나는 반사적으로 코를 막았다. 문득 아무도 없는 낯선 곳에 혼자 있는 것 같은 기분에 사로잡혔다. 태경이 내 어깨를 부드럽게 감싸쥐며 말했다.

"괜찮아."

나는 아무런 대꾸도 하지 않았다. 어깨를 감싸쥔 태경의 손이 축축했다.

그때 박대리와 그의 아내가 도착했다.

"차가 많이 막혔어."

박대리가 차에서 내리며 투덜댔다. 박대리 별명이 뭔지 알아?

밧데리야. 박대리를 만나자 태경이 키득거리며 했던 농담이 떠올랐다. 나는 그 별명이 조금도 웃기지 않았지만 태경은 자주 박대리를 밧데리로 부르며 혼자 웃어댔다.

박대리는 꽤 미남이었다. 태경보다 키가 십 센티미터는 더 큰 듯했고 넓은 어깨와 단단한 근육도 눈에 띄었다. 저절로 태경과 비교가 되었다. 태경은 얼마 전부터 급격하게 살이 찌기 시작했다. 뱃살이 나오고 군데군데 군살이 붙었다. 살 때문에 어깨가 구부정해졌다. 색이 옅어진 머리카락은 탈모의 징조 같았다. 고집이 세고 눈치가 없는 성격은 더 심해졌다. 태경이 나 관리하는 남자야, 하고 의기양양해하면 도대체 뭘 먹고 그렇게 살이 쪘냐고 쏘아붙이고 싶었다. 그런 마음을 꾹 눌러 담느라 항상 애를 먹었다.

박대리의 아내가 아기를 품에 안은 채 천천히 차에서 내렸다. 박대리와 달리 아내는 상당히 살집이 있는 체형이었다. 나쁘게 말하자면 뚱뚱했다. 그것도 꽤 많이. 더구나 펑퍼짐한 원피스를 입고 있어서 체형이 더 부각되었다. 가슴 부분에서부터 아래로 퍼지며 흘러내리는 커다란 원피스는 몸을 가리는 것 말고는 다른 역할이 없는 것처럼 보였다. 문득 박대리의 아내가 후배위를 즐긴다는 쓸데없는 얘기가 떠올라버렸다. 태경의 입에서 나온 소리였다.

박대리가 차 뒷좌석에서 꽃무늬의 기저귀 가방을 꺼내 아내에게 건넸다. 그녀가 가방을 어깨에 메느라 몸이 기우뚱해지자 아기가 칭얼거렸다. 도움이 필요해 보였지만 선뜻 나서고 싶지는 않았다.

아기는 생각보다 컸다. 아기가 몸을 뒤틀며 계속 칭얼거리자 그녀가 버티기 힘든지 크게 휘청거렸다. 나는 조심스레 입을 뗐다.

"아기가 참."

나는 처음 보는 동물을 향해 손을 뻗듯 잔뜩 긴장한 채 아기에게 한 발짝 다가섰다. 아기는 나를 쳐다보지도 않고 얼굴을 잔뜩 찌푸린 채 징징거리기만 했다. 아기가 참, 다음에 이을 말이 마땅히 생각나지 않았다. 이렇게 가까이에서 아기를 보는 건 처음이었다. 징징거리는 소리를 듣고 있으려니 빈말로라도 귀엽다는 소리가 나오지 않았다.

"아기네요."

나는 억지로 말을 끝냈다. 어떤 말도 떠오르지 않았다. 그녀는 수줍은 듯 고개를 내리깔았다. 평평하게 낮은 코가 아기와 똑같았다. 박대리의 코를 힐긋 보았다. 아기는 박대리보다는 그녀와 더 많이 닮아 보였다. 엷은 머리카락이 아기의 머리통에 바짝 달라붙어 있었다. 아기가 몸을 뒤틀었다. 나는 몸을 뒤트는 아기를 향해 손을 뻗었다. 아기가 갑자기 내 손을 세게 잡아쥐었다. 그러곤 내 손가락을 입안에 넣고 빨았다. 나는 완전히 얼어붙은 채로 꼼짝도 하지 못했다. 아이의 입속에 들어간 내 손가락이 뜨거웠다.

박대리의 아내가 아기의 입안에서 내 손가락을 천천히 빼냈다.

"미안해요."

그녀의 표정이 무척 선했다.

"괜찮아요."

나는 그렇게 말하고선 등뒤로 손을 감추었다. 손가락이 화끈거렸다. 아기는 공갈 젖꼭지를 입에 물고서야 잠잠해졌다.

박대리의 짐은 단출했다. 부피가 큰 짐이라고는 그녀가 멘 기저귀 가방뿐이었다. 박대리가 트렁크를 닫으며 나를 향해 웃어 보였다.

"듣던 대로 무척 미인이시네요."

어쩐지 박대리의 아내에게 미안해져 그녀 쪽을 힐긋 쳐다보았다.

"이 친구는 아내 얘기밖에 하지 않아요."

박대리의 가지런한 치아가 눈에 띄었다. 태경은 어떤 얘기까지 했을까. 꺼림칙한 마음이 들었다.

태경이 고기를 사온다며 박대리와 함께 길을 나섰다. 박대리의 아내가 이 동네는 원래 체험 농장으로 유명하다고 말하며 다양한 콘셉트의 농장이 꽤 모여 있는 곳이라고 덧붙였다. 그중에서도 언덕 너머의 농장이 가장 크다고 말했다.

"미리 공부해오셨나봐. 부지런하네요."

나는 애매한 말투로 그녀를 대했다. 수수하고 앳된 얼굴 때문인지 묘하게 하대를 하게 되었다.

"체험 코스도 있대요."

그녀는 내 말투가 신경 쓰이지 않는 듯했다. 주말이면 가족 단위의 손님이 많이 몰리기 때문에 예약하기 꽤 어려운 곳이라고 말하는 그녀의 목소리는 약간 상기된 것처럼 느껴졌다. 펜션에 오는 길에 본 가족들은 대체로 초등학생 정도의 아이를 둔 부부들이었다.

"아이들은 체험활동이 중요하니까요."

그녀는 그렇게 덧붙이고는 아기에게 먹일 분유를 젖병에 탔다. 그녀가 젖병을 흔드는 동안 나는 아기를 건너다보았다. 손을 뻗어 아기를 안고 싶지는 않았다. 아기는 아직 뒤집기도 못한다고 했다. 그녀의 말에 나도 모르게 크고 못생긴 그 가방이 떠올랐다.

그녀가 젖병을 뒤집어 손목에 분유를 몇 방울 떨어뜨렸다. 나는 멀거니 그 모습을 지켜보았다. 그녀는 만족한 듯한 표정을 짓더니 아기를 안아 들고는 젖병을 입에 물렸다. 아기는 먹성 좋게 잘 받아먹었다.

"내 젖만으로는 모자라요."

그녀가 아기를 안은 채로 나직이 말했다. 그 말에 놀라 그녀의 얼굴을 쳐다보았다.

"계속 자라는데."

그녀가 덧붙였다. 나는 마땅히 해줄 말이 없었다.

"그이는 나더러 나쁜 엄마래요."

그녀가 선하게 웃어 보였다. 안쓰럽다는 생각이 불쑥 치솟았다. 박대리보다 훨씬 어려 보이는 얼굴이었다. 하지만 동시에 박대리보다 훨씬 나이든 얼굴이었다.

122

"그래도 부부에게는 아기가 있어야 해요."

그 말에 안쓰럽다는 생각이 순식간에 사라졌다. 그녀의 고지식함에 말문이 막혔다. 그녀가 보기에 태경과 나는 부도덕할 것이었다.

아기가 그녀의 품에서 꼬물거렸다. 저만큼이나 자라는 건 이상하다는 생각이 들었다. 그녀가 아기를 일으켜 안더니 등을 토닥거렸다. 아기가 길게 트림을 했다. 나도 모르게 인상을 썼다. 순간적으로 숨을 참았다. 아기는 기분이 좋아 보였다.

창문을 열어보았다. 밖은 어느새 어둑해져 있었다. 공기가 꽤 서늘했다. 나는 숨을 깊이 들이켰다. 공기 중으로 짐승 우리 특유의 쿰쿰한 냄새가 퍼져나가는 것 같았다. 가금류의 분변 냄새인 듯했다. 짐승이 아무데나 찍찍 똥을 내갈기는 모습이 저절로 떠올랐다. 나는 불쾌한 기분에 사로잡혀 코를 감싸쥐었다. 냄새가 폐부 깊숙이 스미는 것만 같았다.

농장까지 이어지는 누런 흙길을 눈으로 쭉 훑었다. 어둠이 내려앉아 제대로 보이지 않았다. 내일이면 농장에서 운영하는 체험활동을 할 것이다. 태경은 이번에도 내게 의견을 묻지 않고 예약을 했다. 어떤 체험을 하는지 나는 알지 못했다. 태경은 내게 얘기하지 않았다는 사실조차 모를 것이다.

길 끝에서 얼핏 그림자가 움직이는 게 보였다. 그림자는 한 뭉

치로 뭉개져 있었다. 짐승 무리가 아닐까. 그림자가 이편으로 다
가왔다. 창문에 바짝 달라붙어 그림자를 응시했다. 태경과 박대리
였다. 그들은 양손에 비닐봉지를 움켜쥐고 있었다. 나는 문밖으로
나가 그들을 향해 손을 흔들었다. 큰 웃음소리가 들렸다. 태경이
저렇게 웃는 모습은 오랜만이었다.

"나와 있었어?"

태경이 비닐봉지를 내려놓았다. 박대리는 숯이 필요하다고 했
다. 벌건 날고기가 비닐봉지 사이로 얼핏 보였다. 태경이 펜션 주
인에게 전화를 걸어 숯이 필요하다고 얘기하자 추가 비용을 지불
하면 준비해주겠다는 말이 핸드폰 너머로 들려왔다.

"배고파요."

박대리의 아내가 말했다. 그녀는 숯이 오기를 기다리며 채소를
씻었다. 그녀가 쌈채소의 물기를 털다 말고 하나를 입안으로 밀어
넣었다. 그녀의 앞니에서 채소 부서지는 소리가 생생히 들려왔다.
그녀는 금세 한 잎을 먹어치우고선 또하나를 손에 쥐었다. 그 모
습을 보자 코끼리가 떠올랐다.

아기는 방에서 조용히 자고 있었다. 방문을 활짝 열어둔 채였
다. 발소리는 물론 숨소리까지 줄여야만 했다. 작은 소리만 내도
그녀는 재빨리 나에게 다가와 손가락을 입술에 갖다댔다. 그게 너
무 싫어서 나는 최대한 소리를 내지 않기 위해 노력했다.

나는 씻어놓은 채소를 들고 마당으로 나갔다. 주인 남자가 쪼

그려앉아 숯을 향해 부채질을 해대고 있었다. 숯이 벌겋게 타올랐다. 박대리가 비닐봉지에서 고기를 꺼내들었다. 숯이 제대로 달궈지자 주인 남자는 힘겹게 엉덩이를 떼고 일어났다. 일어날 때는 부축이 필요했다. 태경은 필요 이상으로 고개를 숙여 남자에게 감사하다고 말했다. 남자가 구부정한 자세로 걷다 말고 나를 향해 씩, 웃으며 말했다.

"봤습니까?"

나는 남자의 벗어진 이마와 노란빛이 도는 눈을 바라보며 고개를 저었다.

"곧 보게 될 겁니다."

남자가 말을 이었다.

"다들 그랬거든요."

남자는 그것의 정체를 모르는 나를 지켜보는 게 재밌는 듯했다. 그리고 남자는 뒷짐을 진 채 느릿느릿 걸어갔다. 걸음을 내디딜 때마다 상체가 크게 한 번 움직였다. 묘하게 리드미컬하게 느껴지기도 했다. 나는 천천히 걷는 남자의 모습을 오랫동안 지켜보았다.

고기 냄새가 진동했다. 태경이 나를 부르는 소리가 들렸다. 박대리의 목소리도 뒤를 이었다. 박대리의 아내와 나는 거의 동시에 대답했다. 두 남자가 낄낄대며 웃었다. 고기는 핏기가 완전히 빠진 채 검게 익어 있었다. 나는 김이 나는 고기를 뒤적였다. 아기를 방에 누이고 나온 그녀는 방 쪽 창문을 계속 열어두었다. 나는 방 안으로 들어가는 숯불 연기가 아기에게 안 좋을 것 같다고 말했지만 그녀는 내 말을 듣지 않았다. 창문을 닫아두면 아기 소리를 놓칠 수도 있다는 게 이유였다.

그녀는 모유 수유를 하는 중이라 술을 마시지 못한다고 했다. 대신 사람들의 술잔을 채워주거나 방에 가서 술을 가져왔다. 그러다 어느새 폴라로이드 카메라를 챙겨 나와서는 고기를 먹는 내내 카메라 셔터를 눌러댔다.

"폴리드 카메라 어딨지?"

박대리는 수시로 카메라를 찾았다. 그럴 때마다 그녀는 말없이 박대리에게 폴라로이드 카메라를 쥐여주었다. 박대리는 카메라를 들어 술이 오른 나와 태경을 마구 찍어댔다. 폴리드가 아니라 폴라로이드예요. 나는 애써 그 말을 삼켰다.

"오랜만의 여행이라 좋죠."

박대리가 내 쪽으로 바짝 붙어앉으며 말했다. 나는 술김에 이게 무슨 여행이냐고 맞받아쳤다. 그러곤 또 금세 다른 대화로 넘어갔다. 나는 이따금 목을 쭉 빼고 농장으로 이어지는 흙길 쪽을 주의 깊게 살폈다. 태경이 왜 그러냐고 물었지만 나는 대답하지 않았다.

박대리는 아내 이야기를 자주 꺼냈다.

"씻다 말고 우는 거야, 욕실에서. 급히 들어가봤더니 쪼그리고 앉아서, 그런데 그 발가벗은 뒷모습이 이만해선."

박대리가 팔을 벌려 허공에다 커다랗게 곡선을 그렸다.

"가슴이 아프대, 가슴이."

박대리의 말에 태경이 크게 웃었다. 그녀는 낯을 붉히다가 화장실에 다녀오겠다며 펜션 안으로 들어갔다.

"이 부위가 귀한 거야. 먹어봐요."

박대리가 알맞게 익은 고기를 내게 건넸다.

"이게 무슨 고기예요?"

박대리는 대답하지 않고 씩 웃어 보이기만 했다. 태경은 앉은 채 꺼져가는 숯불을 다시 피워올리고 있었다. 볼품없는 엉덩이가 부산스럽게 들썩거렸다. 나는 다시 한번 목을 쭉 빼고 주변을 둘러보았다. 여전히 그것은 보이지 않았다. 어쩐지 실망스러웠다. 아무렇게나 자란 덤불 사이로 벌레 우는 소리만 새어나왔다.

박대리의 아내는 아기가 자꾸 칭얼대서 돌봐야겠다고 말한 뒤 다시 마당으로 나오지 않았다. 그녀는 방으로 들어가 창문을 닫고는 커튼까지 쳐버렸다.

태경은 박대리의 아내가 두고 간 폴라로이드 카메라를 집어들고는 자꾸만 나와 박대리를 찍어댔다. 나와 박대리가 잘 어울린다는 실없는 소리를 하며 웃었다.

순간 태경의 뒤로 보이는 덤불에서 무언가가 움직이는 것 같았다. 나는 목을 길게 빼고 눈을 가느다랗게 떴다. 분명히 무언가가 움직였다.

"봤어요, 방금?"

나는 다급한 목소리로 물었다.

"뭘요?"

박대리가 말했다.

태경이 덤불 쪽으로 걸어가더니 손으로 마구 덤불을 헤쳤다.

"뭘 봤어요?"

박대리가 다시 물었다. 나는 박대리의 말에 대답하지 않았다. 얼굴이 뜨거웠다. 술기운 때문이라고 생각했다. 나는 아무 말 없이 자리에 앉았다. 숯은 완전히 죽었다. 희미한 연기조차 피어오르지 않았다. 술자리를 끝내야 할 시간이었다. 태경을 힐끗 쳐다보았다. 많이 취해 보였다. 나는 태경을 잡아끌었다.

"잘 자요."

박대리가 말했다. 박대리는 조금도 취하지 않은 것처럼 보였다.

술기운 때문인지 쉽게 잠들지 못했다. 더구나 태경이 옆에서 가방 지퍼를 계속해서 만지작거렸다. 호치키스를 찾는다고 했다. 태경의 손에는 마구 찍어낸 폴라로이드 사진이 잔뜩 들려 있었다. 태경은 부부별로 사진을 나눠 호치키스로 찍을 거라고 했다.

"그만하고 좀 누워."

태경은 들은 체도 하지 않았다. 가방을 뒤지고 또 뒤졌다. 그때 전화가 걸려왔다. 나는 핸드폰을 들고 테라스로 나갔다. 수업을 하는 학생의 전화였다.

"선생님, 자소서에 모의 토론 내용은 빼주세요."

나는 그애의 말에 건성으로 대답했다. 그런 내용을 빼면 널 어떻게 증명하려고 그러니. 그런 말은 입 밖으로 내지 않았다.

으슬으슬하고 추웠다. 밤은 깊었고 주위는 조용했다. 벌레 소리도 들리지 않았다. 전화를 끊고 돌아서니 박대리가 나와 있었다. 손에 담배를 쥔 채였다.

"애엄마가 담배를 싫어해서요."

박대리가 서글서글한 웃음을 지으며 담배에 불을 붙였다. 나는 박대리의 담뱃갑에 손을 뻗었다. 눈이 마주치자 박대리는 고개를 끄덕였다. 어둠 속에서 불빛이 화악 하고 밝게 빛났다가 사그라졌다. 우리 둘은 테라스에 서서 바깥을 응시했다. 잡풀이 잔뜩 우거져 있었다. 펜션에서 흘러나온 불빛이 주변을 부옇게 밝혔다. 나는 희미한 어둠 속에서 덤불을 멍하니 바라보았다.

"내일 체험 때 어떻게 탈지 걱정이에요."

조용한 공기를 깨고 박대리가 말했다.

"덩치가 꽤 크니까요."

농장에 있는 짐승이 사나운 종류의 동물인가. 그런 짐승의 등에 올라타나. 질문들이 두서없이 밀려들었다.

"타요?"

나는 짐승의 모습이 잘 상상되지 않았다.

"어휴, 아내는 안 타요."

박대리가 손사래를 치며 피식거렸다. 나는 인상을 찌푸렸다. 박대리는 내 표정을 보지 못한 것 같았다.

"그건 동물학대죠, 완전히."

박대리는 완전히, 라는 말에 힘을 주어 말했다. 나는 어색하게 따라 웃었다.

"그래도 낙타는 처음 타니까."

"낙타요?"

"여기 낙타 알로 유명하잖아요."

그렇게 말하며 박대리가 태연한 얼굴로 나를 쳐다보았다. 자세히 보니 박대리가 낙타를 닮았다는 생각이 들었다. 박대리는 계속해서 낙타, 라고 말했다. 낙타가 아니라 타조, 라고 고쳐주고 싶은 마음이 불쑥 들었지만 꾹 참았다.

"앗!"

나는 깜짝 놀라 짧은 비명을 질렀다. 손가락 끝에서 담배가 타들어가고 있었다. 손가락을 덴 것 같았다. 태경이 가방 안에 밴드를 챙겨넣던 게 떠올랐다. 큰 소리로 태경을 불러볼까. 태경은 아직도 스테이플러를, 아니 호치키스를 찾고 있을까. 아니면 찾았을까.

"괜찮아요?"

박대리가 놀란 얼굴로 내게 말했다.

"아무 문제도 없어요."

나는 애써 마음을 가다듬고 나직한 목소리로 대답했다. 핸드폰에서 진동이 울렸다. 또다른 학생이었다. 원서를 접수할 때까지 계속해서 전화를 걸어 나를 들볶을 것이다. 그래도 그때까지만 참으면 된다. 원하는 대로 고치고 또 고치면 된다. 나는 그렇게 할 수 있었다.

　학생에게 고쳐서 다시 보여주겠다고 말했다. 문제가 없다는 걸 확인받고 싶은 마음일지도 몰랐다. 호치키스든 스테이플러든 태경이 찾아내어 사용하기만 하면 된다. 폴라로이드 사진이든 폴리드 사진이든 태경이 잘 정리해놓겠지. 잡스러운 생각들이 꼬리를 물듯 떠올랐다.

　뭐라고 부르든 무슨 상관일까. 나는 다시 덤불을 쳐다보았다. 타조를 키우는구나. 약간 후련한 기분이 들었다. 덤불 그림자가 바람결에 조금씩 움직였다. 자세히 보아야 알 수 있을 정도로 미세한 움직임이었다. 나는 그게 나타나기를 더 기다려보기로 했다. 그게 뭐든 반드시 나타난다고 했으니까. 타조 아니면 낙타, 그 정도면 기다려봄직하다는 생각이 들었다.

오른쪽

아들에게서 전화가 온 건 새벽이었어요. 그앤 많이 취해 있었죠. 나는 야근을 하던 중이었는데 전화를 받고 나서는 아직 제출기한이 보름이나 남아 있는 보고서와 복사용지 주문서를 몇 시간에 걸쳐 작성했어요. 동이 터도 퇴근하지 않았어요. 이른 시간에 출근한 몇몇 직원들이 일찍 출근했네요, 하고 인사를 건넸을 때 나는 그냥 웃고 말았죠. 그러게 말이에요, 하면서요. 점심시간에는 입맛이 없다고 말하며 살짝 빠지고선 편의점에서 삼각김밥을 하나 사 먹었어요. 내게 필요한 건 잠이었어요. 나는 직원 휴게실에 들러 단 삼십 분이라도 눈을 붙이려고 했죠. 조금이라도 자야 했어요. 그런데 커피도 마시지 않은 내 가슴이 계속해서 두근거려 잠에 들 수가 없었어요. 눈을 감으면 그애가 망쳐놓았을 집안 꼴이 상상이 됐거든요. 나는 새벽에 들은 그애의 목소리를 떠올렸어요. 술에 잔뜩 취해서는 꼬인 혀로 간신히 말하길, 개를 주웠어요, 하는 거예요. 사실 그 소리도 한참 만에 알아들었죠. 나는 계속 되물었어요. 뭘 주었다고? 아니 주웠다고? 뭘? 개를?

아들이 버럭 화를 냈어요. 그것 하나 제대로 못 알아듣냐고. 그 말조차 되물을 수밖에 없을 정도로 그애는 형편없이 취해 있었지만 말이에요. 친구들과 개를 한 마리 주웠는데, 아주 큰 개인데, 금발이고. 아들의 말은 단편적으로밖에 들리지 않았지만 대충 내용은 알아들을 수 있었어요. 결국 집에서 그애와 그애의 친구들, 그리고 유기견 따위가 모두 둘러앉아 술판을 벌이고 있다는 말이었죠. 그건 내가 집에 들어갔다가는 어딘가 한 군데쯤 멍이 들거나 심하면 부러질지도 모른다는 뜻이기도 했어요.

착하던 내 아들이 갑자기 삐뚤어진 건 고등학교에 들어가고 나서예요. 흔한 사춘기 시절 반항이었어요. 다들 사춘기 땐 그렇잖아요. 엄마가 옳은 말을 해도 고깝게 들리고 친구들이 더 좋고 그런 거 말이에요. 나는 그애를 아주 엄하게 대한 편이에요. 주변 사람들의 조언대로 일찍부터 매를 들었거든요. 아버지 없이 자라 그렇다는 이야기를 듣고 싶지 않거든 강하게 훈육해야 한다고들 하더군요. 그런데 고등학생이 되면서 한 번에 이십 센티가 자라고 덩치가 나보다 커지더니 차츰 내 말을 듣지 않았죠. 어릴 때는 손바닥을 내리치는 것만으로도 잘못했어요, 하고 싹싹 빌던 애가 말이에요. 물론 나라고 그애를 때리고 싶었겠어요? 그렇지만 그렇게 엄하게 하지 않으면 여자 혼자 몸으로는 사내아이를 키우기 어려웠어요. 다행히 중학교 1학년 때 팬티 바람으로 쫓겨난 후로는 단 한 번도 말썽을 부리지 않았죠. 옆집에 같은 반 여학생이 살았는데 그때 그애를 봤다나봐요. 한동안 옆집 엄마와 그 이야길 우스개로 했던 기억이 나요. 나는 그애가 언제까지나 그렇게 작고 보드라울 줄 알았죠. 종아리를 살짝만 때려도 빨간 줄이 선명하게 비치던 때처럼 말이에요. 그 시절이 그렇게 빨리 지나갈 줄 알았다면, 좀더 확실하게 가르쳤을 텐데 후회가 돼요. 결국 훈육이 되는 시기를 모두 놓친 건 내 탓이니까요.

어디까지 얘기했죠? 아, 그러니까 고등학생이 되면서 그애는 반항을 하기 시작했어요. 나는 그애의 변화를 받아들이지 못하고 더 세게 때렸어요. 그러다 몇 주 전, 맞고만 있던 그애가 갑자기 내 손목을 잡아채지 않겠어요? 그러고는 십여 년이 넘게 사용했던 '사랑의 매'를 단번에 부러뜨려버리더라고요. 그걸 부러뜨리는 순간 나는 그애에게 덤벼들었고, 결국 내 왼팔이 분질러지면서 끝이 났어요. 주변 사람들은, 폭력은 무조건 나쁜 거라고 아이를 설득하라더군요. 그애는 나를 비웃었어요. 엄마가 한 건 폭력이 아니냐고. 그애의 말을 이해할 수가 없었어요. 나는 그애에게 폭력을 휘두른 적이 없었으니까요. 나는 깁스한 팔을 들어 보이며 이게 폭력이라고 말했지만 그애는 그마저 비웃으며 엄마를 홀딱 벗겨 문 앞에 세워두면 알아듣겠냐고 다그쳤어요.

주변 사람들 조언으로는, 사춘기 아이에겐 좀더 관대해지래요. 나는 그애가 자고 있는 동안 아침식사를 차려놓고 출근을 했어요. 그애는 천천히 일어나서 밥을 먹고 학교에 갔죠. 나는 그애가 학교에 가는 것만으로도 다행이라고 생각하기로 했어요. 안 갈 수도 있는 거잖아요. 고등학교 졸업장 따위 필요 없다고 할 수도 있잖아요. 그 정도까지는 아니어서 나는 정말 다행이라고 생각하는 편이었어요. 그애가 술을 마시든 담배를 피우든 나는 그런 일들로는 혼내지 않기로 했어요.

얼마 전 깁스를 풀었지만 아직도 왼팔이 욱신거려요. 비가 오거나 날씨가 흐리면 더욱 그래요. 나는 오른쪽 팔보다 눈에 띄게 가늘어진 왼팔을 보면서, 그나마 왼팔이라 다행이라고 생각했어요. 오른팔로 양치질을 하고 오른팔로 밥을 먹고 오른팔로 서류 정리를 할 수 있으니 얼마나 다행인지. 성한 팔이 왼팔이었다면 정말 곤혹스러웠을 거예요. 사람들이 왼팔로 병신처럼 밥을 떠먹고 양치질을 하는 나를 안쓰럽게 쳐다봤겠죠. 그렇지 않아서 얼마나 다행이에요.

퇴근시간이 오지 않길 바라기도 했지만 그럴 리가 없잖아요. 나는 미적거리다가 오후 늦게 퇴근해 근처 마트에서 장을 본 후 천천히 집으로 걸어갔어요. 난장판이 되어 있을 집안을 청소할 생각을 하면 머리가 지끈거리긴 했지만 어쩌겠어요. 그래도 그애만 없다면 모든 것이 쉬운걸요. 나는 거실 바닥에 그애와 그애 친구들이 없기만 바랐어요. 사실 그 시간이면 없을 가능성이 더 컸어요. 현관문을 여는 순간까지 나는 집에 아무도 없을 거라고 생각했죠.

그게 얼마나 편리한 생각이었는지. 문을 열자마자 나는 깜짝 놀랐어요. 깜깜해서 잘 보이지 않았지만 악취가 확 풍겨나왔거든요. 술냄새와 비린내가 한데 섞인 이상한 냄새였는데, 나는 그 냄새가 혹시라도 밖으로 새어나갈까봐 서둘러 문을 닫아버렸어요. 자세히 보니 거실엔 텔레비전이 켜져 있었는데, 희미한 그 불빛에 그애가 소파에 비스듬히 누워 있는 게 보였어요. 나는 현관 근처 벽을 더듬어 불을 켰죠.

나는 평생 그런 광경은 처음 봤어요. 웬 금발머리 여자애가 피투성이로 널브러져 있었어요. 그것도 발가벗은 채로.

그애는 캔맥주를 홀짝이며 텔레비전에서 시선을 떼지 않았어요. 나는 그애에게 천천히 다가갔어요. 스타킹을 신은 발에 끈적거리는 무언가가 달라붙었지만 확인하고 싶지 않았어요. 가까이 다가갈수록 피비린내가 진동을 해서 코를 막아야만 했어요. 여자애는 그애가 누워 있는 소파 아래에 기괴한 자세로 쓰러져 있었어요. 팔이 꺾인 각도라든지 흰자가 다 보이도록 치켜뜬 눈동자 같은 걸 보니 살아 있는 사람은 아니겠다 싶더라고요. 나는 한숨을 한 번 내쉬고는 여자애의 어깨를 조심스럽게 흔들었어요. 역시 아무런 움직임이 없었죠. 서늘한 감촉이 손바닥 전체에 전해졌어요.

이게 대체 무슨 일이니.

뭐가.

그애는 거칠게 대답하면서 내 손을 뿌리쳤어요. 손이 무척 아팠지만 내색하지 않고 그저 주먹을 꼭 쥐었다 폈어요.

이애 말이야.

내가 턱짓으로 여자애를 가리켰어요.

암캐 한 마리 죽인 거 가지고 유난스럽긴.

그애가 그렇게 말하곤 담배를 찾아 입에 물었어요. 나는 그애를 후려 패고 싶은 충동에 휩싸였다가 이내 매가 없다는 걸 기억해내곤 참을 수밖에 없었어요. 내가 그렇게 하지 말라고 했는데도 왼손으로 담뱃불을 붙이잖아요. 이러니 내가 엄해질 수밖에요.

그애는 태어날 때부터 별났어요. 그애 아빠도 나도 오른손잡이인데 그애는 왼손잡이로 태어났어요. 나는 그애가 오른손잡이가 되도록 무척 애를 썼어요. 물론 처음에는 그애가 왼손잡이인 걸 알지 못했죠. 고작 먹고 싸는 것밖에 할 줄 모르는 어린 몸이 왼손을 쓰든 오른손을 쓰든 알 게 뭐예요. 천장에 달아놓은 모빌을 향해서 쥠쥠거리거나 엄지손가락을 빼는 정도로는 왼손잡이인지 아닌지 알 수가 없잖아요. 그애가 왼손잡이라는 사실을 알게 된 건 처음 연필을 쥐게 했을 때였죠. 나는 그애가 왼손으로 연필을 쥘 때마다 뺨을 때렸어요. 그때만 해도 내가 그애를 그렇게 엄하게 가르쳐야 하는 줄 몰랐고, 그래서 그애를 훈육할 매가 아직 준비

되지 않았었거든요. 당연하지만 그 멍청한 건 밥 먹을 때도 자꾸만 왼손을 썼어요. 나는 왼손이 아니라 바른손을 쓰라고 가르쳤어요. 매는 그때쯤 만들었던 것 같아요. 주변 사람들 말이, 체벌 도구는 딱 정해져 있는 게 좋다고 하더라고요. 그래야 다음엔 그 도구만 보고도 겁을 먹게 되니 힘을 들이지 않고도 체벌의 효과를 줄 수 있다고 말이지요. 그런 걸 파블로프의 반사라고 한다고 말해주기도 했어요. 어쨌든 나는 엄격하게 가르쳤고, 마침내 그앤 왼손을 사용하지 않게 되었어요. 적어도 내 앞에선 말이죠. 가끔 그애가 무의식적으로 왼손을 사용해서 과자를 집어먹는다든가 리모컨 버튼을 눌러댄다든가 하는 걸 보면 나는 매로 그애의 손등을 탁탁 내리쳤죠. 언젠가 한번은 손가락뼈를 잘못 때려 부러진 적도 있었어요. 어쩌겠어요. 애가 크다보면 다치기도 하고 그러는 거지. 그애 왼손 새끼손가락은 아직도 삐딱해요. 그애가 손가락이 아프다고 한 말을 제때 알아듣지 못했거든요. 그런 걸 보면 여전히 그앤 멍청하다는 거 말고는 할말이 없네요. 손가락뼈가 부러졌다고 정확히 말을 해야 알지, 아프다고 징징거리기만 하면 내가 알 방법이 있나요. 내가 말하고 싶은 건요, 내 탓이 아니라는 거예요. 아직도 왼손으로 담뱃불을 붙이는 그애가 멍청한 거지.

아무튼 그애는 취기가 가시지 않은 눈빛으로 담배를 피우면서 바닥에 아무렇게나 담뱃재를 떨고는 여자애의 허벅지에 비벼 껐어요. 여자애는 꼼짝도 하지 않았어요.

그애가 마구잡이로 말을 쏟아내기 시작했어요. 놀이터에서 주 웠어. 조금만 데리고 놀다 보내려고 했는데 주인도 없는 것 같고 놀다보니 죽기도 해서. 처음부터 죽이려던 건 아니었어. 그냥 재미만 좀 보려고 했는데 우리가 한 번씩만 해도 열댓 놈은 되니까 말이야, 암캐한테는 한 번이 아닌 거지. 그래도 말이야, 암캐는 암캐잖아. 암캐는 아무렇게나 죽어버려도 되잖아. 암캐니까.

거기까지 말하고 그애는 쓰러져 잠이 들어버렸어요. 나는 소파 위에 널브러진 그애를 최대한 건드리지 않으려 조심하면서 청소를 시작했어요. 피부터 닦아내야겠다고 생각하고 발을 떼니 발바닥 부분의 스타킹이 바닥에 달라붙어 쭉 늘어났다 떨어지더라고요. 이제는 뭔지 확인을 해야 할 것 같아서 발 아래쪽을 살폈어요. 역시 피였어요.

나는 피로 범벅이 된 여자애의 몸을 찬찬히 살폈어요. 기괴하게 꺾어진 다리 사이, 그러니까 사타구니를요. 내가 여자애를 이리저리 움직이며 살피자 사타구니에서 피가 조금씩 흘러나왔어요. 정액도 많았고요. 소파 근처에서 여자애의 찢어진 옷가지도 찾아냈는데, 하나같이 손바닥만했어요. 팬츠는 너무 짧았고 셔츠는 가슴이나 겨우 가리면 다행이게요. 이렇게 험한 세상에 몸조심은 스스로 했어야죠. 이런 복장으로 밤늦게 놀이터에서 서성거렸다면 여자애도 정상은 아닌 거예요.

나는 여자애 다리를 잡아당겨 소파 쪽으로 처박힌 몸을 천천히 떼냈어요. 찌익, 거리며 피와 함께 엉긴 여자애의 금발머리가 떨어져나오는 소리가 들렸어요. 나는 거의 한줌이나 뽑힌 머리카락과 함께 피를 닦아내기 시작했어요. 처음엔 몰랐는데 소파에서 떼어내어 보니 여자애의 오른쪽 머리통이 움푹 들어가 있었어요. 누군가가 묵직한 뭔가로 머리통을 후려친 것 같았어요. 나는 여자애를 한쪽으로 치우고 소파를 닦아내기 시작했어요. 가죽소파에 물걸레질을 하면 안 된다는 걸 잘 알지만 어쩔 수 있나요. 피를 제대로 닦아내지 못한다면 더 큰일인걸요. 온몸이 녹초가 되었지만 청소를 멈출 수가 없었어요. 플라스틱 대야에 물을 떠놓고 걸레로 훔친 후 대야에 넣어 대충 헹구고, 또 훔치고 또 헹구고. 대야 안은 돼지고기를 덩어리째 담가놓기라도 한 것처럼 핏물로 가득찼어요. 나는 화장실 변기에 조심스럽게 물을 버렸어요. 이 지루한 과정을 수십 번 반복하자 드디어 거실이 좀 정상적으로 보이더라고요.

나는 마지막으로 재활용품을 담아두는 큰 비닐봉지 안에 술병들을 집어넣은 후에야 그애를 쳐다봤어요. 그러니까 술에 취해 소파위에 뻗어 있는 내 아들 말이에요. 아들의 반바지에 희끄무레한 얼룩이 묻어 있는 게 보였어요. 그게 뭔지는 확실히 알죠. 여자애의 거기에서 나온 그런 종류의 것이란 걸 말이에요. 나는 여자애를 다시 확인했어요. 여자애의 사타구니가 잘 보이지 않도록 다리를 포개어놓은 상태였는데 피가 꾸덕꾸덕하게 말라가고 있었어요.

시계를 보니 새벽 여섯시를 훌쩍 지나 있었어요. 나는 팀장에게 몸이 너무 아파서 하루 쉬겠다는 내용의 문자 메시지를 보냈어요. 그러고 난 후에 베란다에서 작년에 썼던 김장용 비닐봉지를 꺼내 왔어요. 그건 두껍고 무척 크니까 이럴 때 사용하기 적절하다는 생각이 들었거든요.

거실에 김장용 비닐봉지를 펼치고 여자애를 들어올리기 위해 낑낑거렸어요. 왼팔에 힘이 들어가지 않다보니 여자애를 들어올리기가 여간 어려운 게 아니었어요. 할 수 없어서 여자애를 끌고 가려니 끌려간 그대로 다시 핏자국이 생겼어요. 시체를 처리한다는 건 이렇게 어렵네요. 나는 고개를 천천히 저었어요. 두 번 하라면 안 하고 싶어요, 정말.

그때 그애가 잠에서 깨어났나봐요. 그애는 술이 덜 깨서 멍한 눈빛으로 여자애를 끌어안고 있는 나를 보고 있었어요.

물.

그 말에 나는 여자애를 잠시 내려놓고 부엌에서 찬물을 한 잔 떠왔어요. 그애는 시원하게 한 잔 들이켜더니 인상을 잔뜩 찌푸렸어요.

어서 도와.

내가 말했어요. 그제야 서서히 정신이 드는 모양인지 그애의 눈빛이 시시각각 변해갔어요. 솔직히 말하자면 그게 조금 재미있기도 했어요. 사람은 누구나 실수를 하잖아요. 그런데 그 실수를 하나씩 떠올리고 괴로워하는 모습을 지켜보는 건 쉬운 기회가 아니니까. 마치 어린 시절의 그애를 보는 것 같았어요. 몸이 아직 작고 여릴 때, 때리면 때린 자국이 선명하게 남던 그때 말이에요. 지금 그애는 그때와 똑같은 표정을 짓고 있었어요. 나는 묘한 우월감이 차올랐는데 그건 굉장히 오랜만에 느끼는 감정이었어요.

나는 왼쪽 손목을 조심스럽게 돌리며 통증을 가라앉히려 노력했어요. 왼손이라는 건 정말 쓸모가 없네요. 그애가 천천히 일어섰어요. 나는 여자애의 겨드랑이에 양팔을 끼우고 들어올리려던 참이었어요. 그애가 느린 걸음으로 내 쪽으로 다가오더니 여자애의 다리를 들어올렸어요. 우리는 발을 맞춰 천천히 여자애를 옮겼어요. 비닐봉지 위로 여자애를 눕힌 후 나는 허리를 폈어요. 그애는 이마에 난 땀을 닦을 생각도 못하고 있더라고요. 그애가 이렇게 고분고분한 건 오랜만이라 기분이 나쁘지 않았어요.

이제 어떡해?

그애가 말했어요. 나는 그애의 눈을 바라보았어요. 그 순간 서늘한 무언가가 내 마음을 관통한 걸 알았어요. 나는 자꾸만 미소가 번져 올랐는데, 가슴께에 닿은 여자애의 부서진 머리통을 보고 겨우 진정했어요. 지금은 웃을 때가 아니니까요. 나는 뒤틀린 팔다리의 여자애를 잠시 바라보다 눈꺼풀을 내려주었어요. 죽은 사람의 눈동자를 쳐다보는 건 아무래도 께름칙하니까요. 그러고선 여자애의 팔을 힘껏 틀어 여자애의 가슴 쪽으로 모았어요. 그애가 멀뚱멀뚱 쳐다보고 있었어요.

뭐해?

내가 말했어요. 그애가 화들짝 놀라 나를 다시 쳐다봤어요. 나는 턱짓으로 여자애의 다리 쪽을 가리켰어요. 그제야 그애는 무릎을 붙잡아 다리를 굽힌 뒤 내가 했던 것처럼 여자애의 가슴 쪽으로 힘껏 밀어올렸어요. 사실 내 힘으로는 어림도 없더라고요. 여자애의 몸은 이미 굳어버렸는데 내 왼팔은 여전히 말썽이니까요. 나는 허리를 세우고 벌떡 일어났어요. 그애가 기다시피 한 자세로 미적거리고 있었어요.

빨리 해.

내 말에 그애가 다시 한번 움찔거리더라고요. 결국 여자애의 팔도 다리도 부서진 머리통도 그애의 완력으로 해결했어요. 이십 센티가 더 자라고 덩치도 커진 게 조금은 쓸모 있어진 것 같아서 내심 뿌듯했지만 내색하지 않으려 노력했어요. 더 잘하길 바란다면 칭찬은 아끼라고 주변 사람들이 말해주었거든요. 여자애의 몸을 동그랗게 말고 나서 그애가 나를 바라봤어요.

비닐로 말아.

내가 말했죠. 그애는 내 말이 떨어지자마자 포장하듯이 잽싸게 여자애를 비닐봉지로 말아올렸어요. 그러고선 여자애를 몇 바퀴 돌려 마치 고치처럼 만들었죠. 그게 내가 원하던 거였어요. 나는 고개를 끄덕였죠. 그애의 표정이 밝아지는 게 보였어요.

나는 주차장에 세워둔 차를 떠올렸어요. 아침 출근시간이라 보는 눈이 너무 많은 것이 문제였죠. 나는 다시 베란다를 뒤져 구석에서 수납용 플라스틱 상자를 찾아냈어요. 상자 안에 든 잡동사니들을 모조리 꺼내고는 상자를 가져왔어요. 그 상자는 양팔을 완전히 펴서 안아올려야 할 만큼 컸는데 대신 바퀴가 달려 있어서 운반하기 어렵지 않았어요. 또 뚜껑 양쪽에 달린 고리를 손잡이로 사용할 수 있어서 편리했고요. 언젠가 쓸모 있을 것 같아서 두긴 했는데 이럴 때 써먹을 줄은 몰랐어요. 나는 상자를 그애 앞에 놓았어요. 그애가 멀뚱하니 나를 쳐다봤어요. 마치 명령을 기다리는 작은 아이 같았어요.

이 안에 넣어.

내가 상자를 가리키며 말했어요. 물론 쉽지는 않았죠. 아까도 말했다시피 여자애의 몸은 이미 굳어버렸고, 아무리 체구가 작고 비쩍 마른 여자애라도 사람의 부피란 쉽게 무시하지 못하니까요. 그래도 그애는 해낼 줄 알았어요. 그애는 땀을 뻘뻘 흘리며 여자애를 상자 안에 욱여넣었어요. 이제 아무도 그게 시체라는 사실은 모를 거예요. 아무래도 좀 그렇잖아요, 시체라는 건. 자동차 뒷좌석에 넣고 이동할 건데 만약 누군가가 시체를 보게 된다면 좀 께름칙하다 여길 게 분명하니까요. 나는 뚜껑을 닫고 손잡이를 들어올렸어요. 한쪽은 내가 들고 다른 한쪽은 그애가 드는 거죠. 그렇게 나란히 손잡이를 맞잡고 계단을 내려왔어요. 계단을 다 내려온 후에는 그애가 엉거주춤한 자세로 상자를 밀어서 내 차 앞으로 끌고 왔어요.

뒷좌석에 상자를 집어넣고 나자 그애는 완전히 지쳐 보였어요. 얼굴이 창백한 게 약간 메슥거려하는 것 같기도 했고요. 그애가 뒷좌석 문을 닫고선 거기에 등을 기댔어요. 그애의 바지에 묻은 민망한 자국들이 선명하게 보였어요. 술에 완전히 취한 상태였으니 뭘 제대로 하긴 했을까요. 거기다 열댓 명의 남자애들과 함께, 또 있는 힘껏 저항하는 여자애를 상대로 말이에요. 나는 그애에게 바지를 갈아입고 오라고 일렀어요. 그애는 순순히 집으로 올라갔어요. 나는 운전석에 앉아서 그애를 기다렸죠. 백미러를 통해 뒷좌석의 상자를 보니 마음 한구석이 서늘해졌어요. 그애를 기다리는 이 시간이 싫지만은 않았어요. 주변 사람들 말로는 아이가 다시 나에게 의지하도록 만드는 게 반항을 멈추는 방법이라고들 하더라고요.

곧 그애가 멀끔한 모습으로 내려왔어요. 때마침 이웃 여자아이와 마주쳐서 나는 여자아이에게 생긋 웃어 보였어요. 여자아이는 고개를 꾸벅 숙여 인사를 하곤 차 옆에 선 아들을 보고 소리 내어 웃었어요. 그 소리에 나도 모르게 고개를 돌려 그애를 확인했지만 여자아이가 웃은 이유는 모르겠더라고요. 아들은 아무 표정도 없이 조수석에 올랐어요. 하지만 나는 그애가 여자아이의 웃음을 신경쓰고 있다는 걸 알았어요. 그애는 진짜 창피한 게 뭔지 몰라요. 팬티 따위가 중요한 게 아닌데. 정말 창피한 건 그애의 성기예요. 솔직히 말하자면, 나는 알아요. 상자 속의 여자애는 이미 죽었으니까 아무 말도 못할 뿐이지, 말을 할 수 있었다면 아들의 성기에 대해 형편없다고 말할 거라는 걸 말이에요. 나는 그애의 성기가 어떤 여자애도 만족시킬 수 없는 비정상이라는 걸 알고 있으니까요. 그애의 성기는 왼쪽으로 비스듬하게 휘어져 있거든요. 완전히 발기해도 휘어진 건 마찬가지더라고요. 발기한 성기의 모양까지 어떻게 알았냐고는 묻지 말아주세요. 엄마니까 그 정도는 알수 있잖아요. 아무튼 그렇게 휘어진 성기가 어떻게 제 기능을 하겠어요. 그애는 태어날 때부터 별났고, 지금도 비정상이에요. 이러니 내가 엄격해질 수밖에요. 성기를 바로잡을 순 없어도 최소한, 바른손을 쓰도록 만드는 것만큼은 해야 하니까요.

나는 천천히 차를 출발시켰어요. 출근시간이라 길이 막혔지만 도심을 벗어나니 금방 한산해졌어요. 그래도 속도를 너무 높이거나 너무 늦추는 일 없이 적당한 속도를 유지했어요. 간간이 머리 위로 감시 카메라가 지나가기도 했어요. 지금 속도위반 같은 이유로 사진이 찍힌다면 약간은 기념사진 같을 수도 있겠다는 실없는 생각이 들었지만 입 밖으로 내진 않았어요. 그애는 내내 아무 말이 없었어요. 식은땀을 흘리고 있었고 얼굴은 더 창백해졌죠. 먹다 남은 생수를 건네자 그애는 그 미적지근한 물을 조금씩 들이켰어요.

어느새 차는 외길로 접어들었어요. 검은 아스팔트가 짙게 깔렸지만 중앙선조차 없는 길이었죠. 의아했어요. 분명히 우린 다른 도시로 들어선 적이 없었거든요. 여기까지 오면서 표지판도 톨게이트도 보지 못했으니까요. 나는 주변 풍경을 세심하게 살폈어요. 이 도시에 살면서 이런 곳은 처음이었어요. 주위를 둘러보았지만 잡목뿐이었어요. 신호등이나 표지판도 보이지 않았고 다른 차들도 없었어요. 대낮에 가까워진 시간이었지만 낯선 외길 위엔 우리뿐이었어요.

그애의 얼굴이 아까보다 더 창백해졌어요. 그애는 헛구역질을 하더니 곧이어 차를 멈추라고 징징댔어요. 나는 비상등을 켜고 길가에 차를 멈췄어요. 그애가 급히 차문을 열고 구르듯 내리더니 토하기 시작했어요. 나는 그애를 따라 차 밖에 나왔다가 악취에 인상을 찌푸렸어요. 그렇게 퍼마셨으니 오죽할까요. 차 안에서 물티슈를 찾아 그애에게 던져줬어요. 그애가 물티슈로 입을 닦고 코를 닦고 하더니 다시 토하기 시작했어요. 그러다 아예 울더군요.

그애가 토하는 동안 주변을 둘러봤어요. 이상하게 전신주나 전깃줄 같은 것도 보이지 않았어요. 진작 내비게이션을 고쳐놓을 걸 후회가 됐어요. 고장난 지 한참이나 지났지만 출퇴근길에만 사용하는지라 고쳐야 할 필요를 별로 못 느꼈었거든요. 일찍 이야길 좀 해주지, 이렇게 아무런 준비도 못하고 나오게 되다니. 갑자기 화가 나더라고요. 나는 토하고 있는 그애의 등짝을 발로 걷어찼어요. 그애가 토사물 위로 고꾸라졌어요. 그러고는 벌떡 일어서서 나를 봤어요. 익숙한 눈빛이 드러났어요. 내 팔을 부러뜨렸던 그 눈빛. 그런데 무섭지는 않더군요.

나는 그애를 향해 부드럽게 웃어 보였어요. 그애가 주먹을 쥔 손을 슬그머니 내려놓았어요. 그러고선 손등으로 눈물을 쓱 훔치는 게 아니겠어요. 그것도 왼쪽 손등으로요.

병신 새끼. 나도 모르게 그렇게 말해버렸어요. 그애는 반박하지 않고 계속 울었어요. 나는 다시 한번 병신 새끼, 하고 말했지만 그애는 그저 같은 동작을 반복했어요.

나는 차 안으로 들어와 세게 문을 닫았어요. 문득 핸드폰을 안 가지고 왔다는 생각이 들었어요. 급히 나오느라 깜빡 잊었는데 아마도 팀장이 난리가 났겠죠. 아침에야 문자 메시지로 결근을 통보한다고 화를 내며 전화를 했을 텐데 그 전화조차 받지 않으니 더 화가 났을 거예요. 그런데 팀장의 얼굴을 생각하자 웃음이 나더라고요. 금발의 여자애도 화를 내는 팀장의 얼굴을 본다면 못생겼다는 말이 절로 나올 거예요. 뭐, 지금은 조용하지만.

나는 창밖으로 물티슈를 봉지째 던지며 옷에 묻은 토사물을 다 닦아야 들어올 수 있다고 외쳤어요. 그애는 아무 말도 없이 바닥에 나뒹구는 물티슈를 집어들었어요. 그러곤 묵묵히 제 셔츠에 묻은 토사물을 닦아내기 시작했어요. 나는 그애를 끝까지 지켜봤어요.

잠시 후 그애가 차에 올라탔어요. 나는 비상등을 끄고 천천히 출발했어요. 그애는 안전벨트를 매고선 정면만 응시했어요. 나는 부드러운 목소리로 그애를 불렀어요. 그애가 내 쪽을 쳐다봤어요.

사람을 죽이면 안 된다는 걸 알겠니?

내 말에 그애가 그렁그렁한 눈을 하고선 고개를 끄덕였어요.

그래, 누구나 실수를 하는 법이니까.

나는 그렇게 말하곤 운전에 집중했어요. 주변 사람들 말로는 용서를 할 땐 확실히 하라더군요. 그애는 여전히 아무 말이 없었어요. 뒷좌석에 있는 여자애나 그애나 똑같이 조용해서 조금은 무료하다는 생각이 들어 라디오를 켰어요. 하지만 이상하게도 잡히는 주파수가 하나도 없었어요. 그애를 힐긋 쳐다보았지만 그애는 앞만 쳐다보고 있을 뿐이었죠. 끝도 없이 생겨나는 것 같은 외길을요. 분명히 달리고 있는데도 외길 안에 갇혀버린 것 같은 기분이 들었어요. 조언을 해줄 다른 사람들이 절실한데 아무도 없었어요.

백미러로 뒷좌석의 여자애를 확인했어요. 길이 제법 거칠었는데도 상자는 그대로 잘 있었어요. 만약 상자가 엎어지고 뚜껑이 열린다면 일이 많이 번거로웠을 텐데 다행이라고 생각했어요. 우리는 계속 직진만 했어요. 다른 길이 나오지 않았거든요. 사실 어디로 가야 할지 모르겠지만 어디로든 가야 하니까요. 여자애가 썩어가는 건 상상하기 싫어요. 적어도 차 안에서만큼은요. 사실 나는 아무것도 하지 않았잖아요. 나는 그 자리에 없었으니까요. 그애는 오한이 나는지 가끔 몸을 떨었어요.

어디 가는 거예요, 하고 이따금 그애가 고개를 돌려 물었지만 나는 대답할 수가 없었어요. 대신에 그애에게 개새끼, 하고 욕을 했죠. 그럴 때면 그애는 무심한 표정으로 다시 정면을 응시했어요. 사실은 그애가 정말 개새끼일지도 모른다고 여기기도 해요. 나는 그애가 여자애를 강간하고 금발의 머리통을 후려치는 장면을 상상해보았어요. 범행 시간이라든지 동기, 목적 같은 전문용어를 떠올리며 구체적으로 상상했죠. 그런 개같은 것들이 모여 일상이 되니까요.

갈림길이 나왔어요. 왼쪽과 오른쪽이 정확하게 갈린 길이었어요. 나는 목을 쭉 빼고 언덕 너머로 부드럽게 휘어지는 길을 할 수 있는 한 끝까지 살폈지만 아무것도 알아낼 수 없었어요. 나는 그애의 얼굴을 쳐다봤어요. 그애는 여전히 멍청한 얼굴을 하고 눈을 마주치지 않으려고 하더군요.

어디로 갈까?

그애는 아무 대답도 하지 않았어요. 나는 초조해져서 다시 물었어요.

어디로 가냐고.

그애가 운전대를 잡은 내 얼굴을 힐긋 보더니 결심했다는 듯 입을 열었어요.

오른쪽.

오른쪽으로 가요.

그애가 말을 이었어요.

오른쪽이 언제나 옳아요.

나는 그애의 말에 흡족한 기분이 들어 부드럽게 핸들을 꺾었
어요.

애완식물

잠이 깼다. 허벅지에 둘둘 감긴 이불의 촉감이 좋았다. 손으로 가슬가슬한 이불을 천천히 쓰다듬었다. 이대로 좀더 자고 싶었다. 감은 눈꺼풀 위로 햇볕이 느껴졌다. 더이상 버텨봤자 다시 잠들 것 같지 않았다. 마지못해 눈을 떴다. 방안은 햇빛으로 가득했고, 희미하게 좋은 냄새가 풍겼다. 남자의 로션 냄새일지도 몰랐다. 남자는 매번 몇시쯤 나가는 것일까. 남자가 나가는 모습을 한 번도 본 적이 없었다.

지난밤에는 비가 많이 왔다. 바깥 풍경이 잘 보이지 않을 정도로 한동안 굉장한 기세로 쏟아졌다. 폭우가 몰아치는 길 한가운데로 내던져진 기분이었다.

남자를 만난 지 일주일은 되었나. 날짜 감각이 자꾸만 무뎌졌다. 그래도 그날 남자가 던진 질문은 확실하게 기억났다. 그때 랜덤 채팅방에서 대화한 놈들 중 남자만이 뻔한 이야기를 늘어놓지 않았다.

전염병이 돌고 있다는 거 알아요?

남자가 보내온 메시지에 어떤 대꾸를 해야 할지 감이 잡히지 않았다. '여자?'나 '몇 살?' 같은 질문보다는 나았지만 전염병에 대해 아는 바가 없었다. '무슨 전염병이요?' 하고 되묻자 남자는 몇 개의 링크를 보내주었다. 최근 날짜의 뉴스였다. 도심 한가운데에서 발견되는 빈 벌집들과 화염방사기로 그것들을 태우는 소방관들. 그리고 벌이 돌아오지 않는 이유에 대한 온갖 추측들.

가출했겠죠.

남자에게 그렇게 대꾸하고는 원래 하려던 말을 채팅창에 써넣었다.

잘 곳이 필요해요.

무슨 뜻인지 알죠?

*

마지막 계단을 딛고 지상으로 나왔다. 햇볕이 정수리에 똑바로 내리꽂혔다. 뒤를 힐긋 돌아보며 내가 밟고 올라온 계단의 수를 어림짐작해보았다. 마침내, 라는 생각이 들 정도로 계단은 끝도

없이 이어졌다. 이렇게 가파른 계단을 밟고 밖으로 나온 게 얼마
만인지 기억도 나지 않았다.

주변 풍경을 천천히 둘러보았다. 잡목들 사이로 보이는 포장되
지 않은 외길 말고는 눈에 띄는 건 별로 없었다. 지나가는 사람들
도 없었다.

한동안 지하철역 입구에 우두커니 서 있었다. 지하철역이 있는
걸 보면 어느 정도는 번화한 곳일 텐데 눈앞의 풍경은 초라했다.
낡고 초라한 단층 건물만 이따금씩 눈에 띌 뿐이었다. 나지막한
잡목은 영양 상태가 좋지 않은 듯 곯아 있었다.

지하철역에서 좀 걸어야 해요.

어제 남자가 한 말이었다. 핸드폰을 통과한 남자의 목소리는 예
상보다 어리게 느껴졌다. 이십대 후반이나 삼십대 초반 정도 되었
을까. 어쩌면 더 어릴지도 몰랐다.

아무것도 없거든요.

남자의 목소리에 어린아이 특유의 심드렁함이 묻어 있었다. 설
마 십대일까.

정말로 걸어오시게요?

나는 그렇다고 대답했다. 아이가 걸어갔다면 나도 똑같이 걸어
가야 했다. 나는 남자에게 가는 길을 자세히 알려달라고 말했다.

육번 출구로 나와서 쭉 걸으면 돼요.

귀찮은 듯한 말투였다. 남자는 어차피 외길이라 헷갈릴 일이 없

다고 덧붙였다. 아이는 괜찮은가요. 나는 묻고 싶은 말을 여러 번 삼켰다.

다시 한번 뒤를 돌아보았다. 가파른 계단이 어두컴컴한 구멍을 향해 뻗어 있었다. 지하 특유의 단내가 서늘한 공기에 묻어나왔다. 나는 숨을 깊게 들이마셨다.

오르막길을 쉬지 않고 올랐다. 목덜미에서 땀이 흘러내렸다. 숨이 찼다. 완만한 경사이기는 했지만 내 나이에는 무리였다. 습도 높은 여름 날씨 탓에 온몸이 끈적였다. 베이지색 면바지가 다리에 들러붙었다. 아이는 평소에 잘 입고 다니던 반바지 차림으로 이 길을 걸었을 것이다. 마지막으로 본 아이의 모습을 떠올렸다. 반바지 아래로 미끈하게 떨어지는 허벅지가 생각났다. 탄력적으로 움직이는 다리근육은 흙먼지 나는 이 길 위에서도 예뻤을 것이다.

그리고 손가락. 나는 아이가 태어났을 때 아이의 얼굴이나 가랑이보다 손가락을 먼저 확인했다. 아이의 생물학적 아버지는 작은 혹이 달린 것처럼 왼손의 새끼손가락 옆이 불룩 튀어나와 있었다. 보통의 손가락 개수보다 더 많거나 적지 않아야 했다. 나는 아이의 손가락 수를 여러 번 세어보았다.

아이는 모든 것을 내게 배웠다. 내가 손을 오므리면 아이도 오므리고 내가 펼치면 아이도 펼쳤다. 아이는 빠른 속도로 배워나갔다. 아이의 성장은 엄마의 기쁨이다. 혼자 아이를 키우는 내게 주변 사람들은 그렇게 말했다. 나는 그 말을 깊이 새겼다. 그러자 정말로 기쁜 마음이 들었다.

한참을 걸었지만 남자가 말한 곳은 보이지 않았다. 정말로 걸어오시게요, 하고 묻던 남자의 목소리가 생각났다. 무슨 말인지 이제 알 것 같았다. 완만하던 경사가 급격하게 가팔라지기 시작했다. 공기는 후텁지근했다. 어젯밤에 내린 비 때문에 평소보다 더심한 것 같았다. 뒤를 돌아보았다. 지하철역은 이제 더이상 시야에 들어오지 않았다.

*

지난밤 비가 그토록 많이 쏟아진 게 거짓말처럼 느껴질 정도로날씨가 좋았다. 나는 돌돌 말린 이불을 안아 들고 베란다로 나갔다. 엄마가 자주 그랬듯 베란다 난간에 이불을 널었다. 여긴 팔층이었다. 떨어지면 죽을 수도 있는 높이. 나는 발을 헛디디지 않도록 조심하며 몸을 움직였다. 지난밤 내린 비 때문에 공기에는 눅진한 기운이 남아 있었다.

베란다 아래로 화단이 보였다. 밤새 내린 비에 폭격이라도 맞은듯 군데군데 엉망으로 패어 있었다. 엉망이 된 화단 주변에 두 사람이 서 있었다. 이따금 화단을 가리키며 언성을 높이는 듯했다. 나는아래쪽을 힐끗거리다 이내 베란다 문을 닫고 안으로 들어왔다. 남자가 아무렇게나 벗어던져놓은 팬티와 양말, 수건 등이 어지럽게 널려 있었다. 그것들을 한데 모아 세탁기에 집어넣었다. 날마다 깨끗이 세탁을 하는데도 남자는 내게 별말을 하지 않았다.

세탁이 끝난 옷들은 알아서 제 발로 건조대에 매달리지 않는다. 이 당연한 사실을 나는 남자와 함께 살면서 몸으로 느끼게 되었다. 비가 오면 빨래가 잘 마르지 않는다거나 한여름의 매미 소리는 굉장히 시끄럽다거나 하는 그런 당연한 것들도 요즘 새삼스레 알게 되었다.

엄마는 곤충을 싫어했다. 그것들이 엄마가 키우는 식물들의 수액을 빨아먹고 체액을 뱉어대고 마침내 식물들을 훼손시켜버리기 때문이었다. 이따금 나는 식물원처럼 꾸며진 베란다에서 벌레 먹은 이파리나 누렇게 말라버린 잎을 떼어냈다.

베란다에는 수십 종류의 식물이 빼곡히 들어차 있었는데, 엄마는 그것들의 키와 잎의 크기, 개수를 정확하게 파악하고 있었다. 사실 벌레가 좀 꼬인다고 해서 식물들이 쉽게 죽는 건 아니었지만 조금이라도 엄마의 기준에서 벗어나면 그건 훼손된 것으로 여겨졌다. 그래서 엄마는 장마철을 싫어했다. 습도가 높아지면 식물이 웃자라고 벌레가 꼬이니까. 장마철이면 엄마는 평소보다 더 바쁘게 움직였다. 집에서 매미 소리를 잘 듣지 못했던 건 그 때문이 아닐까. 문득 그런 생각이 들었다.

핸드폰을 꺼내 만지작거렸다. 비이가 보고 싶었다. 비이의 마른 몸과 구부정한 어깨, 납작한 가슴이 차례대로 생각났다. 좁고 더운 그 방에서 자주 멈추던 낡은 선풍기조차 그리웠다.

핸드폰의 까만 액정을 한참 동안 들여다보다 다시 주머니에 넣었다. 얼마 움직이지 않은 것 같은데 피부가 끈적거렸다. 머리카락이 뺨과 목에 들러붙었다. 그새 머리카락이 꽤 길었다. 부엌 서랍에서 노란 고무줄을 찾아내어 머리카락을 묶어보았다. 묶은 모양새가 별로 예쁘진 않았지만 그래도 마음에 들었다. 나는 남자가 사다준 치마를 꺼내들었다. 마트는 오 분 거리에 있었다. 나는 치마를 입고 블라우스 단추를 공들여 채워나갔다.

엘리베이터를 타자 내부에 있는 거울에 내 모습이 비쳤다. 이정도면 평범한 여학생처럼 보일 것 같았다. 엘리베이터는 일층을 향해 천천히 내려갔다. 그 순간 핸드폰이 울렸다. 남자의 문자 메시지였다. 퇴근이 늦어질 것 같다고 했다. 무슨 뜻일까. 나는 메시지를 여러 차례 읽어보았다. 혼자 저녁을 먹으라는 뜻일까. 아니면 많이 늦으니 걱정하지 말라는 뜻일까. 그렇게 정답게 굴 만한 관계도 아니지 않나. 생각할수록 정답과 멀어지는 것 같았다. 이럴 땐 항상 맨 처음 찍은 게 정답이었는데. 모의고사를 풀던 기억이 문득 떠올랐다. 아득한 옛일처럼 느껴졌다.

건물 밖으로 나오자 사납게 파헤쳐진 화단이 보였다. 꽤 많은 사람들이 화단 앞에 모여 있었다. 내 허리춤 정도밖에 오지 않는 어린아이가 와아, 하고 큰 소리를 냈다.

사람들 틈을 비집고 화단 가까이 다가갔다. 파헤쳐진 땅에서 희미하게 단내가 났다. 화단 한가운데 거대한 벌집이 폐허처럼 드러나 있었다. 어디까지 뻗은 건지 알 수 없을 정도로 컸다. 나무에 가려서인지 위에서 내려다볼 땐 미처 몰랐다. 그래서 사람들이 모여 있었구나. 아까 베란다에서 본 모습이 이제 이해되었다. 뭉개진 꽃들 사이로 벌집의 일부가 희게 빛났다. 햇빛이 벌집을 똑바로 비추고 있었다. 겁 없는 어린아이들이 나뭇가지로 벌집을 쿡쿡 찔러댔다. 아무런 반응이 없었다. 이미 텅 빈 집이었다.

상황을 파악한 관리인이 주변을 정리하느라 허둥거렸지만 아이들은 핸드폰을 꺼내 사진을 찍기 시작했다. 사방에서 찰칵거리는 소리가 났다. 나도 벌집을 향해 셔터를 눌렀다. 찰칵, 거리는 소리와 함께 사진이 핸드폰에 저장되었다. 한참을 망설이다가 비이에게 전화를 걸었지만 얼마 안 돼 음성 안내 메시지로 넘어가버렸다. 여전히 비이는 내 전화를 받지 않았다. 내가 보낸 메시지도 확인하지 않았다.

방금 전에 찍은 사진을 확인해보았다. 흙속에 반쯤 잠긴 벌집이 화면 한가운데에 자리잡고 있었다. 사진의 구도가 마음에 들었다. 나는 남자에게 사진을 전송했다. 벌집은 뚫린 구멍 속을 적나라하게 드러내고 있었다. 희끗희끗하게 말라가는 구멍 주변이 유난히 하앴다. 파헤쳐진 흙이 여름볕에 말라가고 있었다.

*

갑자기 소변이 마려웠다.

되돌아가야 하나. 더 서둘러야 하나. 마음이 급해졌다. 이곳이
어디쯤인지 짐작할 수가 없었다. 어디선가 벌이 날아와 주변을 맴
돌았다. 싸구려 향수 냄새 때문일 것이다. 벌을 자극하지 않도록
조심스럽게 핸드백을 휘저었다. 긴장을 하니 소변이 더 마려웠다.

한번 요의가 밀어닥치면 잘 참지 못했다. 목덜미에서 땀이 흘
러내렸다. 햇볕은 너무 뜨거웠고 주변엔 아무도 없었다. 끝도 없
이 펼쳐진 듯한 언덕에 화장실이 있을 리 없었다. 벌이 끈질기게
따라붙었다. 벌에게 떠밀리듯 나는 앞으로 걸어갔다. 남자가 말한
그곳에 빨리 도착하길 바라는 수밖에 없었다. 방광이 부풀어 저릿
했다.

설거지를 할 때 물소리를 듣고 있으면 소변을 못 참겠어요.

한참을 망설이다 겨우 꺼낸 내 말에 의사는 자연스러운 현상이
라고 했다. 의사는 내게 출산을 하면 당연히 겪게 되는 신체의 변
화라고 설명했다. 희생, 고결, 숭고, 모성애. 진료를 받고 나오며
그런 단어들을 수없이 떠올렸다. 의사는 자신의 생각을 말한다는
건 자신이 가진 단어들을 끄집어내는 일이라고 했다. 나는 내가
알고 있는 단어들을 조합해 내게 일어난 변화를 설명하기 위해 애
썼다.

폐경에 대해서도 의사는 자연스러운 현상이라고 말했다. 요즘은 완경이라고도 한다잖아. 주변 사람들도 내게 그렇게 말했다. 완경. 나는 완경이라는 단어를 입 밖으로 소리 내보았다. 지금 나는 폐경이 왔고 소변을 보는 것도 내 뜻대로 통제할 수 없었다. 희생, 고결, 숭고, 모성애. 내 안의 단어들을 다시 한번 끄집어냈다. 그런 걸 곱씹고 있으면 좋은 사람이 될 수 있을 것 같았기 때문이었다.

나는 좋은 사람이고 좋은 엄마이다. 아이는 내 몸의 장기를 구석구석 눌러가며 무럭무럭 자랐다. 나는 아이가 뱃속에 있는 상태로 일 년 동안 세 번이나 이사를 했고, 아이를 낳은 뒤에는 갓난아이를 등에 업은 채로 출근하기도 했다. 주변 사람들은 나더러 좋은 엄마라고 말했다. 나는 언제나 더 좋은 엄마가 되고 싶었다. 아이가 내게 동성애자라고 말해왔을 때도 마찬가지였다. 아이는 더이상 나를 속일 수 없다며 내 앞에서 울었다. 콘돔 사용법은 가르칠 필요가 없으려나. 울고 있는 아이를 앞에 두고 막연하게 그런 생각을 했다. 아이는 내게 죄송하다고 말했다. 나는 아이를 이해했다.

새 교복이 필요하겠구나.

한참을 고민한 끝에 나는 아이에게 말했다. 아이의 손을 잡고 바로 남학생용 교복을 구입했다.

입어봐.

아이는 얼떨결에 탈의실로 들어갔다. 아이는 오랫동안 밖으로 나오지 않았다. 나는 인내심을 가지고 기다렸다. 한참 후에야 아이가 탈의실 문을 열었다. 남학생용 교복을 입은 아이의 모습은 생각보다 훨씬 더 근사했다. 어깨 쪽이 조금 큰 게 아쉽긴 했다. 소매와 바짓단도 약간 길었다. 나는 무릎을 꿇듯이 앉아서 아이의 바짓단을 접어 올렸다.

엄마는 항상 네 편이야.

나는 아이를 향해 웃어 보였다. 아이는 알 수 없는 표정을 지었다. 나는 아이의 얼굴을 한참이나 들여다보았다. 어깨를 넘어가는 긴 생머리가 눈에 거슬렸다.

머리도 잘라야겠구나.

*

내일 벌집을 태울 거라고 했다. 벌집을 태워야 집 나간 벌들이 돌아와도 문제가 없다고 했다. 나는 허옇게 드러난 벌집을 멀거니 쳐다보았다. 내가 마트에 다녀온 사이에 상황이 정리된 것 같았다. 잔뜩 모여들었던 사람들은 대부분 흩어졌고 몇 명만이 남아 관리인이 하는 일을 지켜보거나 거들고 있었다.

관리인은 '들어가지 마시오'라는 내용의 팻말을 화단 앞에 세웠다. 벌집의 시커먼 구멍이 한층 더 짙어 보였다. 벌집을 몇 번이나

흔들었지만 아무런 반응이 없었다고 했다. 관리인은 완전한 빈집
이라는 말을 덧붙였다.

그래도 혹시 돌아올지 모르니까.

누군가가 말했다.

그러니 태우는 거죠. 확실하게.

관리인이 대답했다.

갑자기 빗방울이 떨어지기 시작했다. 사람들이 비를 피해 흩어
졌다. 그래도 혹시 돌아올지 모르니까. 나는 그 말을 여러 번 곱씹
었다. 남자에게서는 답장이 오지 않았다. 텅 빈 벌집을 보고 남자
가 무슨 말이라도 할 줄 알았다. 괜히 실망스러운 기분이 들었다.

학생이에요?

엘리베이터를 기다리는데 옆에 서 있는 젊은 여자가 말을 걸었
다. 여자 옆에는 네다섯 살쯤 된 듯한 어린 여자아이가 함께 서 있
었다. 나는 여자를 향해 고개를 끄덕여 보였다. 여자가 내 몸을 위
아래로 빠르게 훑었다. 나는 못 본 척 고개를 돌려 엘리베이터에
표시되는 숫자만 쳐다보았다.

치마가 너무 짧아요.

여자가 말했다. 수치심이 한꺼번에 밀려들었다.

얼마 안 돼 도착한 엘리베이터에 여자와 아이가 올라탔다. 나는
그대로 서 있었다. 엘리베이터 문이 닫혔다. 닫힌 문에 내 모습이
적나라하게 드러났다. 애써 묶어 올렸지만 여전히 짧은 머리였다.

뒷머리를 쓰다듬어보았다. 까슬까슬한 감촉이 고스란히 느껴졌다. 머리를 묶은 고무줄을 풀었다. 이발할 때를 놓친 더벅머리의 여자가 어울리지 않는 치마를 입고 서 있는 모습이 우스꽝스러웠다.

그날 엄마가 가위를 들어 내 머리에 갖다대자 어깨까지 내려오는 긴 머리가 순식간에 잘려나갔다. 목덜미와 귀가 드러나도록 머리카락이 깎여나가는 동안 나는 아무 말도 하지 못했다. 대신 나는 내가 동성애자, 레즈비언, 성적 취향과 자기 결정권 따위의 말을 쏟아냈던 그 밤에 대해서 계속 생각했다. 그렇게 짧게 잘린 내 머리는 보통의 남학생들과 다르지 않았다. 나는 서늘해진 뒷목을 손바닥으로 문질러보았다.

엄마는 네 편이야.

엄마가 부드럽게 말했다. 목덜미에 들러붙은 머리카락을 털어내는 손길이 조심스러웠다.

하고 싶은 거 다 하렴. 엄마는 다 이해한단다.

나는 아무 대꾸도 하지 못했다. 다 이해한다는 엄마에게 할 수 있는 말은 아무것도 없었다. 엄마는 틀렸어, 라고 말해버리면 어떨까. 이런 이해라도 고마워해야 하는 거 아닐까. 생각은 많았지만 어떤 말도 입 밖으로 꺼낼 수 없었다. 엄마가 뒷정리를 하는 동안 나는 가만히 앉아 손마디가 하얘지도록 주먹을 쥐었다.

그러고 나서 엄마는 베란다로 나가 식물을 주의깊게 살펴보았다.

웃자랐네.

엄마가 원예용 가위로 가지를 잘라내기 시작했다. 원예용 가위에 달린 스프링 때문에 철컥거리는 소리가 유난히 크고 날카로웠다. 엄마가 가위를 움직일 때마다 나는 움찔거리며 고개를 숙였다.

그다음날부터 나는 남학생용 교복을 입고 학교에 갔다. 다른 사람들의 시선이나 나를 둘러싼 소문 같은 건 내가 견뎌내야 하는 문제였다. 엄마가 내 편이라고 말했기 때문이었다. 나는 당당히 행동해야만 했다. 엄마 또한 평소와 똑같이 나를 데리고 다녔다. 그전과 달라진 게 있다면 비이와 연락이 끊겼다는 것이었다.

언젠가 엄마와 함께 엘리베이터를 탔다가 이웃집 모녀와 마주친 적이 있었다. 몇 번 얼굴을 본 사이라 나는 가볍게 눈인사를 했다. 아이는 이제 막 말문이 트였는지 쉴없이 재잘거렸다. 제 엄마에게 한참 말을 하던 아이가 갑자기 나를 쳐다보고는 제 엄마에게 물었다.

저 언니는 오빠야?

아이의 엄마는 무척 당황했다. 젊은 여자였다. 여자가 아이에게 선뜻 대답하지 못하고 있는데, 엄마가 몸을 숙여 아이와 눈높이를 맞추더니 말했다.

언니란다.

엄마는 상냥하게 웃어 보였다.

그리고 이 언니는,

엄마가 그때 나를 뭐라고 소개했는지 기억나지 않았다. 그때 내가 어떤 표정을 지었는지도 잘 기억나지 않았다. 기억나는 건 엘리베이터 문이 열렸을 때 아이의 엄마가 아이를 안아 들고 도망가다시피 엘리베이터에서 빠져나가던 모습이었다.

*

갑자기 빗방울이 떨어지기 시작했다. 서둘러야 했다. 누런 흙길 위에 빗방울이 점점 떨어져 내렸다. 비가 거세지기 전에 도착해야 했다. 발목과 무릎이 뻐근하게 아팠지만 멈춰 설 수 없었다. 남자가 말한 곳은 아직도 보이지 않았다.

길가의 잡풀이 자꾸 발목을 스쳤다. 발목이 조금씩 가려웠다. 풀독이 오른 것 같았다. 어젯밤에도 갑자기 비가 쏟아졌었다. 여름비는 식물을 웃자라게 했다. 길은 제멋대로 자라난 풀들로 뒤덮여 있었다. 불쾌한 성장의 결과물이었다.

여름에는 사람의 털도 유난히 빨리 자랐다. 제때에 아이의 머리카락을 잘라주어야 했다. 그러지 않으면 금세 꼴보기 싫은 더벅머리가 되어버리기 때문이었다. 아이의 머리카락이 멋대로 자라지 않도록 다듬는 것은 엄마의 일이었다.

아이는 무사할까. 아이는 가출하고 난 뒤 한 번도 연락해온 적이 없었다. 아이를 찾기 위해 사방으로 수소문을 하고 다녔지만 성과는 없었다. 아이의 여자친구 집에도 찾아가봤지만 그애는 이미 사라진 후였다. 그애의 방엔 불이 난 흔적만이 남아 있었다. 매캐한 탄내가 진동하는 빈방을 유심히 살펴보았다. 창문틀은 완전히 새카맣게 타버린 상태였고 책상과 서랍장이었을 합판 가구들에는 그을음이 잔뜩 내려앉아 있었다.

창문 너머로는 가로수의 이파리가 안으로 들어올 듯이 넘실거렸다. 무서운 기세로 자라난 푸른 잎이 전신주를 뒤덮었다. 불이 왜 났는지 알 것도 같았다. 어쨌든 그애는 사라졌다. 아이에게는 돌아갈 곳이 없었다.

아이를 찾을 방법이 도무지 떠오르지 않았다. 그런 상황에서 남자의 전화를 받을 수 있었던 건 차라리 행운이었다. 남자는 아이가 자신의 집에 있으니 데리러 오라고 말했다. 이 남자는 누구인가. 내 아이는 왜 이 남자와 살고 있나. 온갖 더러운 상상들이 문장으로 만들어지려 했다. 나는 애써 마음을 가라앉혔다. 일단 아이를 데려와야 했다. 그게 가장 급한 문제였다.

어디로 가면 되죠?

남자는 장소만 짧게 말하고 전화를 끊었다. 아이는 괜찮은가요? 그제야 남자에게 묻지 않은 말이 생각났다.

드디어 오르막길이 끝났다. 잠시 걸음을 멈추고 숨을 내쉬었다. 앞으로 난 길을 찬찬히 바라보았다. 완만한 경사로가 구불구불하게 펼쳐져 있었고 그 옆으로 평범한 상가들이 보였다. 저멀리 아파트도 보였다.

갑자기 참을 수 없을 만큼 요의가 느껴졌다. 어디에선가 벌이 다시 나타나 주변을 맴돌았다. 벌에 내몰리듯 걸음을 내디뎠다. 상가가 있으니 화장실은 어렵지 않게 찾아낼 수 있을 것이었다. 설령 화장실을 찾지 못해 오줌을 잘금거리게 된대도 나는 부끄럽지 않았다. 나는 엄마였다. 아이를 찾을 수만 있다면 조금도 힘들지 않았다.

아이의 얼굴을 떠올렸다. 아이의 머리카락은 많이 자랐을 것이다. 어서 아이를 데려오고 싶었다. 집으로 데리고 와 머리카락을 잘라주어야 했다. 아이가 돌아올 곳은 우리집뿐이었다.

나는 아이를 이해했다. 아이는 이제 막 사춘기의 문턱을 지나고 있었다. 반항도 가출도 성장의 일부였다. 나는 여전히 아이에게 가르칠 것이 많았다. 나처럼 좋은 부모가 되기 위해 아이가 배워야 할 것이 너무 많았다.

아이의 성장은 엄마의 기쁨이다. 그 말을 떠올렸다.

아이를 되찾아 우리의 집으로 돌아가야 한다. 아이에게 가르칠 것이 너무 많았다.

*

남자는 아직도 돌아오지 않았다. 메시지에 대한 답장도 없었다.

나는 입고 있던 옷을 거칠게 벗어던졌다. 블라우스 단추가 뜯어지고 치마 밑단이 찢어졌다. 블라우스와 치마를 그대로 쓰레기통으로 쑤셔넣었다. 남자에게 바싹 말라 불타고 사라질 벌집에 대해 이야기하고 싶었다. 아니다. 아무 얘기를 하지 않아도 좋을 것이다.

하지만 같이 살고 있어도 남자의 얼굴을 볼 일은 거의 없었다. 남자는 내가 깨기 전에 나가고 잠든 후에 들어왔다. 일부러 그런 행동을 하는 거다. 이곳은 남자의 집인데도 남자는 내 눈치를 봤다. 키에 비해 어깨가 좁고 둥글어서 어딘지 조화롭지 않았고, 근육이 발달되지 않은 몸이어서 그런지 호리호리한 체격인데도 둔해 보였다. 보드랍고 연한 살덩이 같다는 생각이 들었다.

남자는 이따금 엉뚱한 메시지를 보냈다. 소변에 포함된 페로몬의 양에 대해, 벌집의 수학적 황금비율에 대해, 길을 잃는 병에 걸린 곤충들에 대해. 그때마다 남자의 목소리를 상상하면서 메시지를 읽었다. 남자는 내 앞에서 말을 거의 하지 않았기 때문에 나는 남자의 목소리를 잘 몰랐다. 남자는 나를 불편하게 여겼다. 그러면서도 내쫓지는 않았다. 남자가 내게 죄의식을 느낀다는 건 진작 알고 있었다. 나는 그 모든 걸 알면서도 모른 척했다. 아직은 좀더, 머물 곳이 필요했다.

빗방울은 세찬 빗줄기로 변했다. 어제와 같은 폭우였다. 내게는 빗소리가 듣기 좋은 자장가처럼 여겨졌다. 나는 침대에 누워 눈을 꼭 감고 폭우가 지나가고 난 뒤를 떠올려보았다. 여름비는 모든 것을 성장시킨다. 사납게 파헤쳐진 화단도 내일이면 모습이 달라질 것이다. 군데군데서 잡초가 고개를 들이밀고 있겠지. 갑자기 웃자란 꽃나무 잎사귀도 찾아낼 수 있을 것이다. 비는 무엇이든 확실하게 달라지게 하는 법이니까.

침대에서 일어나 화단을 내려다보니 허옇게 몸통을 드러낸 벌집이 축축하게 젖고 있었다. 나는 어렵지 않게 그것의 촉감을 상상할 수 있었다. 그치지 않는 비는 없다. 비가 그치고 얼마 지나지 않아 세상은 아무 일 없었던 듯 바짝 말라 있을 것이다.

내일은 벌집을 태운다고 했다. 그 모습을 꼭 보고 싶었다.

유턴 지점을
만나게 되면

저녁의 도로는 한적했다. 아버지는 완만하게 휘어지는 곡선대로 부드럽게 핸들을 돌렸다. 몸 전체가 오른쪽으로 기울어졌다 다시 제자리를 찾아갔다. 나는 안전벨트를 양손으로 움켜쥐었다.

죽기 싫은 거냐.

아버지가 말했다. 나는 소리 없이 웃어 보였다. 아버지는 내 얼굴을 쳐다보지 않았다. 사방이 희끄무레했다. 아버지는 속도를 줄일 생각이 없는 것 같았다. 나는 눈을 가늘게 뜨고 창밖을 지켜봤다. 표지판이 지는 햇빛에 빛나고 있었다.

이번 여름은 비가 지겹게 내렸다. 긴 장마였다. 비는 매일 내렸다. 빗줄기가 잦아드나 싶다가도 금세 다시 이어지길 반복했다. 나는 이번 계절에 대해 곰곰이 생각했다. 무엇이 잘못되었을까. 자동차 유리창에 이마를 기대보았다. 유리의 서늘한 기운이 은근하게 느껴졌다. 이마를 떼지 않은 채 눈을 감았다. 더운 습기가 얼굴로 훅 끼쳐 올라오는 게 느껴졌다. 역시 비가 너무 많이 온 탓일까.

비는 그쳤다.

아버지가 나직하게 말했다. 나는 응, 하고 작게 대답했다. 아직 하늘이 무거워 보였지만 분명히 비는 그쳤다. 한동안 비는 오지 않을 것이다. 일종의 직감이었다. 예보된 일기와 상관없이 날씨를 짐작하는 건 오래된 습관이었다. 특히 비 소식은 일기예보보다 더 정확하게 들어맞았다. 이대로 장마가 끝났을지도 모른다는 예감이 들었다. 엄마도 그랬다. 기분이 나쁘다든지 혹은 몸 어딘가가 쑤신다든지 하는 건 전부 일기예보로 통했다. 예보는 꽤 정확했다.

엄마의 좁은 골반을 통해 내가 태어났고, 그 때문에 엄마의 몸은 골병이 들었다. 골병. 그런 단어 말고는 표현할 방법이 없는 증상이었다. 엄마는 아프다. 나는 다시 한번 그 말을 되새겼다. 수도 없이 많이, 나는 그 말을 읊조리곤 했다. 엄마를 이해하지 못할 때도, 혹은 엄마를 이해할 때도. 수도 없이 많이, 나는 그 말을 떠올려야 했다.

아버지는 아무 말도 하지 않은 채 운전에만 몰두했다. 고속도로를 달리는 일은 쉽다고 했다. 아버지는 끝내 운전을 배우지 못한 엄마를 이해하지 못했다. 사실 나는 이해를 못하겠다고 쉽게 내뱉는 아버지를 이해할 수 없었다. 나는 아버지가 이기적이라고 생각했다. 그런 생각을 입 밖으로 낸 적은 단 한 번도 없었다.

어스름이 빠르게 내리깔리고 있었다. 나는 얼마 남지 않은 빛을 창밖으로 지켜보았다. 그림자가 짙어지고 있었다. 눈을 가늘게 뜨고 그림자의 영역을 응시했다. 불과 한 시간 전에 일어난 일이 수십 년은 더 지난 일처럼 느껴졌다. 우리는 짙게 내려앉은 그림자를 피해 도망치고 있었다. 수십 년이 지난 후에는 오히려 이 일이 방금 전에 일어난 일처럼 느껴질지도 몰랐다. 방금 전, 우리에게 어떤 일이 일어났다. 그것뿐이었다.

문득 오래된 기억 하나가 떠올랐다. 메모에 대한 것이었다. 기억 속의 나는 아주 어렸다. 곱슬머리를 높게 치켜 묶은 새카만 어린애였다. 엄마는 낡은 노트를 가져와 내 눈앞에 펼쳐 보였다. 왜 그런 메모를 썼는지는 모르겠다. 그런 걸 쓴 기억조차 나지 않았다. 나는 그때 무척 놀랐다. 분명히 무의미한 낙서였을 것이다. 어린 나는 그에 대해 설명할 방법을 몰랐다. 엄마가 낮은 목소리로 물었다.

이런 걸 왜 썼니?

그 질문에 대답하기 위해 어린 나는 나름대로 열심히 생각했다. 모른다는 대답은 엄마를 화나게 한다는 걸 알고 있었기 때문이었다. 어린 나는 생각하고 또 생각했다.

대답해.

엄마가 다그쳤다. 나는 더 생각했다. 초조했다.

대답하라고.

그냥.

결국 얼떨결에 입을 떼버렸다. 엄마는 그 대답에 만족하지 않았다.

아니야, 이런 걸 그냥 쓸 리가 없잖아. 이런 걸 왜 썼어?

소설 같은 거야.

나는 되는대로 대답해버렸다.

그냥 썼어, 그냥.

대화는 얼마간 더 이어졌다. 엄마는 추궁하고 나는 아무렇게나 대답해버리는 이상한 대화였기 때문인지 그후로는 잘 기억이 나지 않았다. 다만 그때의 기묘한 죄책감은 생생했다. 손마디가 하얘지도록 움켜쥔 빈 주먹과 내 정수리로 내려앉는 엄마의 슬픔도 함께 떠올랐다. 끝내 정답을 말하지 못했다는 어린아이의 죄의식일 것이다. 그래서 고개를 들지 못했을 것이다. 아니다. 어쩌면 열 살이나 열한 살 정도의 어린 나는 이미 알고 있었을지도 몰랐다. 그 순간이 우리 모두를 바꾸게 될 씨앗이라는 걸. 어린 나는 이미 예감했던 것이다.

그날 이후로 수도 없이 생각했었다. 그때 무슨 답을 했다면 좋았을까. 우리 모두를 바꾸지 않았을 모범답안은 무엇이었을까. 아니다. 차라리 처음부터 낙서가 없었다면 어땠을까. 살다보면 어떤 순간들은 씨앗처럼 느껴질 때가 있다. 그런 건 사람의 마음속에 쉽게 싹을 틔운 뒤 비 오는 날의 덩굴처럼 자라나 마침내 우리 모두를 집어삼켜버린다. 지금 나는 그런 순간들의 한가운데를 통과하고 있는 것 같았다.

창문을 완전히 내려 밖으로 얼굴을 내밀었다. 짧은 단발머리가 바람에 엉망으로 흐트러졌다. 짙은 어스름이 자동차 꽁무니에 바짝 들러붙어 있었다. 불 켜진 붉은 가로등이 드문드문 보이기 시작했다. 이제 야간운전을 준비해야 했다. 나는 아버지를 힐긋 쳐다보았다. 아버지는 여전히 앞만 쳐다보며 속도를 늦추지 않았다. 자동차가 나지막한 검은 풀들을 빠르게 지나쳤다.

엄마는 괜찮을까?

내가 조심스레 물었다. 아버지는 아무 말도 하지 않았다. 잠시 후 아버지가 천천히 입을 뗐다.

괜찮다.

목구멍으로 끌어올려 애써 언어로 만든 듯한 이상한 목소리였다.

좀 아픈 거다. 잠깐이야. 돌아가면 괜찮아질 거다. 다시 돌아가면.

아버지는 거기까지 말하고 입을 다물었다. 아버지는 그 순간 그곳에 없었다. 그 자리에 있었던 것은 나였다. 엄마가 손톱을 세워 할퀸 건 나였다. 모든 일이 끝나고 도착한 아버지는 엄마를 말리는 시늉만 했을 뿐이다. 그러니 아버지는 함부로 괜찮다고 말하면 안 되었다. 그런 생각들이 두서없이 머릿속을 치고 올라왔지만, 나는 끝내 아무 말도 하지 않았다. 대신 창밖으로 고개를 내밀었다. 공기에 풀냄새가 짙었다. 크게 숨을 들이마시고는 창문을 닫았다. 짙은 색의 잡풀들이 점점 무성해졌다. 아버지는 한숨 쉬듯 말을 내뱉었다.

네 엄마는 괜찮을 거다.

괜찮을 거다, 하고 아버지는 다시 한번 중얼거렸다. 잘못을 한 어린애가 주눅이 든 것 같은 목소리라는 생각이 들었다. 나는 아버지를 향해 작게 고개를 끄덕였지만 아버지는 내 쪽을 쳐다보지 않았다.

복장이 엉망이었다. 급히 나오느라 아무거나 손에 잡히는 대로 걸친 옷이 하필 동복이었다. 나는 고개를 숙이고 교복 소매를 정리했다. 왼쪽 소매의 단추가 보이지 않았다. 몸싸움에 떨어졌을지도 몰랐다. 왜 싸웠더라. 기억이 나지 않았다. 단추가 떨어져나가 너덜거리는 소매를 만지작거렸다. 붉은 핏자국이 길게 번져 있었다. 핏자국 사이로 손톱에 긁힌 상처가 희미하게 보였다. 나는 황급히 소매를 내렸다. 아버지의 얼굴을 힐긋 쳐다보았다. 아버지는 아무것도 보지 못한 것 같았다. 코끝에 맴도는 냄새 때문에 환기가 필요했다. 다시 창문을 조금 내렸다. 후덥지근한 한여름 공기가 순식간에 차 안으로 밀려들어왔다. 더웠다. 남은 거리를 알리는 표지가 가로등에 반짝이며 나타났다 금세 사라졌다.

이제 밖은 완전히 깜깜했다. 자동차의 헤드라이트가 비추는 부분 말고는 거의 보이지 않았다. 도로 위는 텅 비었다. 길은 환상처럼 끝없이 솟구쳐올라왔다. 아버지는 멈추는 방법을 모른다는 듯 무표정으로 앞만 쳐다보고 달렸다.

아버지와 도로 위를 내달린 지 벌써 한 시간이 지났다. 아버지는 나에게 드라이브나 가자고 말했다. 내 꼴을 보고 한동안 아무 말도 하지 않던 아버지가 처음으로 내뱉은 말이었다. 아버지의 말이 적절한지 생각할 겨를이 없었다. 싱크대에 서서 손을 씻었다. 붉은 핏물이 개수대로 빠르게 흘러내려갔다. 손바닥을 거칠게 비비며 서두르느라 팔뚝은 미처 신경쓰지 못했다. 걷어올린 소매가 자꾸만 흘려내려 핏물이 배었다. 아버지는 무슨 일이냐고 묻지 않았다. 대신에 어딘가로 여러 번 전화를 해댔다. 통화 내용은 거의 들리지 않았다. 현관문을 나서면서 아버지는 내 축축한 손을 잡아끌고 걸음을 서둘렀다. 아버지의 손은 뜨겁고 거칠었다. 나는 맞잡은 손을 세게 움켜쥐었다. 어딜 가느냐고 물었지만 아버지는 대답하지 않았다. 지금 생각해보니 아버지는 대답할 수 없었던 것 같다. 처음부터 목적지는 없었다. 도로가 뻗은 대로 내달리다보니 우리가 있던 곳을 벗어나 다른 도시를 향하고 있을 뿐이었다.

어둠에 완전히 묻힌 풍경이 빠른 속도로 스쳐지나갔다.

너무 빠르다.

내 말에 아버지는 속도를 조금 늦추었다.

어딜 가는 건데?

내가 물었다.

아버지는 대답하지 않았다. 나는 채근하듯 다시 물었다.

고향이라도 가?

아니.

그럼?

아버지는 대답이 없었다. 대신 속도를 다시 높이기 시작했다. 화난 것처럼 보이기도 했다. 나는 더이상 질문하지 않기로 마음먹었다. 야생동물 보호 표지판이 빠르게 내 옆을 스쳐지나갔다. 뚜렷한 경고였다. 붉은 표지판이 잔상으로 남았다. 나는 눈을 여러 번 깜빡였다. 잔상이 좀체 사라지지 않았다.

운전하는 동안 아버지의 핸드폰 진동이 몇 번 울렸지만 아버지는 한 번도 확인하지 않았다. 나는 모르는 척했다. 거기서 나를 끌고 나온 건 아버지였다. 엄마가 아닌 내 손을 잡은 건 아버지의 선택이었다. 아버지가 무슨 생각을 하는지 짐작할 수가 없었다. 아버지는 앞만 보고 달리고 있을 뿐이었다.

고속도로를 달리다 아버지는 곧 터널이 나온다고 말했다.

도착할 수 있어.

아버지는 그 말을 주문처럼 되뇌었다. 나는 나직이 중얼대는 아버지의 그 말을 입 모양으로 벙긋대며 따라 했다. 아버지는 도착하기만 하면 모든 문제가 해결된다고 믿는 것 같았다. 아버지가 꽤 순진한 구석이 있다는 생각이 들었다. 나는 아버지의 얼굴을 살폈다. 어두워진 탓인지 아버지는 미간을 잔뜩 찌푸린 채였다. 아버지는 어쩌면 조금은 후회하고 있을지도 몰랐다. 도망치는 일이 익숙하지 않은 중년의 남자였다. 하지만 그렇기 때문에 아버지는 도착하는 순간 모든 게 해결되리라는 순진한 믿음을 가질 수 있는 것인지도 몰랐다.

자동차가 터널 속으로 빨려들어갔다. 아버지는 운전대를 움켜쥐지 않은 다른 손으로 담배에 불을 붙였다. 자동차 엔진 소리와 바퀴의 마찰음이 터널 벽에 부딪혀 울렸다. 마치 짐승의 날카로운 비명 같았다. 아버지가 담배 필터를 세게 빨아들였다. 담배 끝이 붉게 타올랐다. 비명소리는 좀체 끝나지 않았다. 터널 안의 붉은 불빛들이 시야 너머로 정신없이 사라졌다. 나는 자꾸만 눈으로 불빛을 좇았다. 무의미한 일이라는 걸 알면서도 멈출 수가 없었다. 어쩌면 이 터널이 끝나지 않을지도 모른다는 생각이 들었다. 우리 모두를 위해 그편이 더 좋을지도 모르겠다고, 나는 진심으로 생각했다. 아버지는 잔뜩 인상을 찌푸린 채였다. 짧은 턱수염이 지저분하게 나 있고 미간의 주름이 깊었다. 하얗게 센 수염 가닥이 얼핏 보였다. 짧게 친 뒷머리도 듬성듬성하게 세어 있었다. 언제 이렇게 늙었지. 문득 그런 생각이 들었다.

아버지는 연신 담배 연기를 내뱉었다. 뿌연 연기가 차 안을 채웠다. 내가 두어 번 기침을 했지만 아버지는 신경쓰지 않았다.

마침내 터널이 끝났다. 귓전을 울리는 비명소리도 더이상 들리지 않았다. 귀가 먹먹하도록 시끄러웠다는 걸 뒤늦게 알았다. 그런 건 원래 조용해지고 나서야 알게 된다. 살다보면 지나가버리고 나서야 알게 되는 사실들이 있다. 모든 것이 지나가버려 되돌릴 수 없는 지경에 이르러서야 그런 게 있었지, 하고 알아채게 되는 사소한 삶의 조각 같은 것들. 나는 머리를 살짝 흔들었다. 이명이 조금 가라앉는 듯했다.

아버지의 얼굴을 쳐다보았다. 어쩐지 다른 사람이 앉아 있는 것만 같았다. 차에 탄 이후로 아버지는 내 얼굴을 제대로 살피지 않았다. 나는 그게 죄책감 때문이라고 생각했다.

아버지는 창문을 조금 내려 담배꽁초를 창밖으로 던졌다. 거센 바람이 차 안을 빠르게 훑고 지나갔다. 나는 이마에 달라붙은 머리카락을 귀 뒤로 넘겼다. 아버지는 아무 말 없이 다시 창문을 닫았다.

물에 빠져 죽으려던 여자를 본 적이 있다.

아버지의 목소리가 바람이 빠져나간 차 안을 가득 채웠다. 하도 나직하게 말해서 또렷이 들리지 않았다. 나는 아버지의 말에 귀를 기울였다. 내가 듣고 있는지 아닌지는 아버지에게 중요하지 않은 듯했다. 아버지가 계속 말을 이었다.

취한 채 산책을 간다고 해놓고 돌아오지 않더라.

아버지는 취한 여자를 떠올리는 듯 아무 말이 없었다. 나는 채근하지 않았다. 대신 턱을 괴고 창으로 시선을 돌렸다. 유리창에 비친 내 얼굴이 꽤 또렷했다. 오른쪽 눈썹 위의 둥그런 얼룩이 눈

에 띄었다. 엄지손톱만한 크기였다. 선바이저를 내리려다가 이내
멈추었다. 거울을 보면 안 될 것 같다는 생각이 들었다. 이유는 알
수 없었다. 눈썹 위의 얼룩이 끈끈하게 들러붙는 듯했다. 나는 결
국 확인하지 않고 그냥 눈을 감기로 마음먹었다. 비릿한 피냄새가
다시 코끝을 스치는 것 같았다.

찾으러 갔었지.

한동안 말이 없던 아버지가 다시 이야기를 시작했다.

무릎까지 잠기도록 걸어가더라.

누가?

내가 되물었다.

그 여자.

어딜?

물속을.

나는 숨을 깊이 들이마셨다. 검은 물이 떠올랐다. 수심을 가늠
할 수 없을 만큼 깊어서 새카맣게 보이는 물이었다. 온몸에 휘감
기는 끈끈한 감각이 겪어본 것처럼 생생했다. 어쩐지 아주 오랫동
안 그런 물속을 상상해온 것 같았다.

그게 술버릇이라더라.

아버지가 '술버릇'이라는 단어를 한숨 쉬듯 내뱉었다. 나는 숨을
깊게 들이마셨다. 물비린내와 술냄새가 뒤섞인 강가가 떠올랐다.

불쌍하더라고.

아버지가 말했다. 나는 아버지의 얼굴을 쳐다보았다. 자조적인 웃음기가 배어 있었다.

그것도 자해라고 하나? 구하고 싶더라.

성공했어?

나도 모르게 상기된 목소리가 흘러나왔다.

아니.

아버지는 무심하게 말을 이었다.

그 여자, 누가 찾으러 오길 기다렸다.

기다려?

그래.

왜?

죽기 싫으니까.

아버지가 짧게 대꾸했다. 나는 더이상 묻지 않았다. 차 안이 순식간에 조용해졌다. 검은 물 밑에 있는 것 같았다. 교복 블라우스가 유난히 답답하게 느껴졌다. 맨 위의 단추를 풀었지만 여전히 답답했다.

쳐다만 보다가 누가 오면 뛰어들고, 또 누가 오면 뛰어들고.

그 말에 저절로 인상이 찌푸려졌다.

그 얘길 웃으면서 하더라.

언제?

너 낳고 난 뒤에.

나는 아무 말도 하지 않았다.

아파서 그래.

아버지가 덧붙였다. 오랫동안 들어온 말이라는 생각이 들었다.

밖은 고요하고 어두웠다. 이따금 반대편에서 마주 오는 헤드라이트에 눈이 부셨지만, 정말 가끔이었다. 이 고속도로는 오직 한 대의 자동차만을 위해 존재하는 듯했다. 목적지까지 얼마나 남았는지 알고 싶었지만 정보가 없었다. 나는 몸을 앞으로 기울여 도로 주변을 살폈다. 검은 풀들이 파르르 떨렸다. 정확한 형체가 없는 그림자들 같았다. 도로가 끝이 나긴 하는 걸까. 이 도로의 끝에 우리의 목적지가 있긴 한 건가.

얼마나 남았어?

아버지에게 물었다. 아버지는 대답하지 않았다. 또 한번 야생동물 보호 표지판이 눈에 띄었다. 아까보다 더 크고 선명하게 느껴졌다. 나는 표지판을 유심히 쳐다보았다. 표지판 속의 검은 짐승이 금방이라도 튀어나올 듯 생생했다. 사슴이나 고라니 종류일 것이다. 저런 것들은 원래 갑자기 튀어나온다. 나는 그것들이 도로 주변에 매복했다가 작정한 듯이 튀어나와 죽어버리는 이유를 알고 싶었다. 언젠가 엄마는 말했다.

무서워서 그래.

나는 아버지의 얼굴을 쳐다보았다. 아버지의 입은 열린 적이 없다는 듯 굳게 닫혀 있었다. 기억 속의 엄마가 한 대답인지, 아버지의 말인지 잘 구분이 되지 않았다. 나는 고개를 한번 흔들고 다시 아버지를 쳐다보았다. 아버지는 잠깐 사이에 더 늙은 듯 보였다. 나는 오른쪽으로 고개를 돌려 유리창에 희미하게 비치는 얼굴을 쳐다봤다. 얼핏 엄마의 얼굴이 보였다. 어릴 때 엄마가 자주 해주던 이야기가 생각났다.

밤에 불을 켜면 벌레가 달라붙잖아. 왜 그런지 알아? 무서워서 그래. 밤이 무서워서 조금이라도 밝은 곳으로 달려드는 거야.

엄마는 그런 이야기를 자주 들려주었다. 주로 밤이었고 아버지는 아직 돌아오지 않은 시간이었다.

전부 죽어.

엄마의 이야기는 언제나 결말이 같았다. 엄마는 그런 이야기를 들은 후에 내가 짓는 표정을 좋아했다. 재미있어했던 것도 같다.

거긴 어떤 곳이야?

나는 아버지에게 물었다.

더운 곳.

아버지의 표정은 여전히 변화가 없었다. 아버지는 잠시 생각에 잠겼다가 다시 입을 뗐다.

거기서 간고등어를 처음 먹었다.

아버지가 계속해서 말했다. 아버지의 말에 나는 살짝 인상을 찌푸렸다. 어릴 적 기억이 떠올랐기 때문이었다. 구운 고등어의 단단한 가시가 목구멍에 걸린 적이 있었다. 가시는 거짓말처럼 목젖에 정확하게 꽂혔다. 나는 엄마를 향해 입을 크게 벌렸다. 희한하게도 아프지는 않았다. 엄마와 병원까지 걸어갔다. 엄마는 내 손을 잡고 걸어가는 내내 얼굴을 아는 모든 사람에게 내 입안을 보여주었다. 엄마가 걸음을 멈출 때마다 고개를 들어올려 아, 하고 크게 입을 벌리던 순간들을 나는 아직까지도 잊지 못했다. 정작 병원에서 가시를 빼던 순간은 기억나지 않았다. 그후로 나는 다시는 고등어를 먹지 않았다. 그리고 그 이유를 말한 적은 단 한 번도 없었다.

고등어의 흰 살과 단단한 가시를 떠올리자 목이 답답했다. 나는 헛기침을 하며 블라우스의 단추를 만지작거렸다.

엄마는 구운 고등어를 좋아했다. 아버지도 별말 없이 먹은 걸 보면 꽤 좋아했던 것 같다. 아버지는 뭔가를 적극적으로 표현하는 사람이 아니니까. 그 정도면 당신의 취향을 꽤 노골적으로 말한 건지도 몰랐다.

내가 고등어에 손도 대지 않는다는 걸 아버지는 몰랐을 것이다. 알았어도 그래도 먹어봐, 하고 말았을 것이다.

아버지는 창문을 조금 열고 다시 담배를 입에 물었다. 팟, 하고 라이터 불이 밝게 타올랐다가 금세 사라졌다. 라이터 불빛의 잔상이 눈앞에 아른거려 나는 여러 번 눈을 깜빡였다. 눈을 깜빡이다보면 잔상은 천천히, 하지만 반드시 사라진다. 모든 건 적응되기 마련이었다.

또 터널이 나타났다. 크게 벌린 짐승의 붉은 아가리처럼 보였다. 자동차는 그 속으로 빨려들어갔다. 비명 같은 소리가 터널 안을 부딪치며 울려댔다. 터널만 지나면 도착할 거라고 아버지는 한참 전에 말했었다. 우리는 여러 번 터널을 통과했다. 우리가 제대로 가고 있는 게 맞긴 한 걸까.

주위를 둘러보았다. 이따금 나타나는 표지판을 제외하고는 이곳이 어디인지 알려주는 것은 아무것도 없었다. 산과 풀, 오로지 그뿐이었다. 건물 같은 건 전혀 보이지 않았다. 이상하다는 생각이 들었다. 지금까지 내가 봐온 도시들은 서로 이어져 있었다. 도로로 이어져 있을 뿐만 아니라 도시와 도시가 연속되어 있는 느낌이 있었다. 도로를 달리다보면 그 수가 적어질 뿐 시멘트와 벽돌로 만든 인공의 구조물은 반드시 눈에 띄었다. 낡은 슬레이트 지붕이나 짐승의 우리 같은 게 보인다는 건 도시의 가장자리쯤에 와 있다는 증거였다. 도로를 달리는 동안 그런 구조물들은 드문드문 보이다가 금세 다시 늘어나곤 했다. 도시와 도시는 그런 식으로 이어져 있었다.

그런데 이 길은 달랐다. 칼로 자른 것처럼 분리되어 있었다. 터널을 제외하고는 인가로 짐작되는 건물이 전혀 보이지 않았다. 도시와 도시 사이가 완전히 절단되어버린 것 같았다.

여긴 어디야?

내가 물었다.

194

다 와간다.

아버지가 나직하게 말했다. 나는 창밖의 풍경을 다시 쳐다보았다. 풍경은 여전히 낯설고도 익숙했다. 한 시간 전에 본 것 같으면서도 동시에 처음 보는 것처럼 느껴졌다. 아버지는 줄곧 다 와간다고 말했다. 그건 내 질문에 대한 답이 아니었다.

다 와간다고.

아버지가 다시 한번 나를 향해 말했다. 나는 아버지를 향해 고개를 끄덕여 보였다. 나는 내가 있는 곳이 어딘지 도저히 짐작할 수 없었다. 우리가 도착할 수 있는 곳이 정말 있을까.

마침내 터널이 끝났다. 터널에서 빠져나오자마자 나는 주의깊게 주변을 살폈다. 양옆으로 보이는 산등성이는 구불구불하게 끝없이 이어졌다. 거대한 구렁이가 이 차를 목표물로 삼고 쫓아오는 듯했다. 짙은 수풀은 아까보다 한층 더 부피가 커져 마치 거대한 덩굴 같았다. 식물은 비 오는 여름철이면 유난히 더 잘 자랐다. 엄마는 비 온 직후 눈에 띄게 웃자란 식물들을 싫어했다. 그것들은 엄청난 기세로 자라났다. 어쩌면 엄마는 자라나는 것들을 무서워했을지도 몰랐다.

도로는 요철 하나 없이 매끄럽게 쭉 뻗어 있었다. 나는 백미러로 지나온 도로를 살폈다. 여전히 검은 풀들이 거기 있었다. 아니, 이제는 맹렬한 기세로 쫓아오고 있었다. 나는 속도를 더 낼 수 없냐고 아버지를 다그치고 싶었다. 조용하던 아버지가 천천히 입을 떴다.

놓쳤다.

아버지가 계속해서 말했다.

내렸어야 했는데, 못 내렸다.

운전대를 쥔 손에 힘이 들어가 있었다. 손마디가 하얗게 도드라져 보였다.

뭐가 잘못됐는지 모르겠다.

아버지는 심하게 낙담한 사람처럼 간신히 말을 이었다. 무척 절망한 얼굴이었다. 아버지는 계속해서 무의미한 말을 나열했다. 길이 분명히 있어야 했다, 아무것도 보지 못했다, 이럴 리가 없다…… 아버지의 이마에 진땀이 흘렀다. 나는 차라리 갓길에 차를 세우고 대책을 생각해보는 게 어떠냐고 물었지만 아버지는 아무 대답이 없었다. 대신에 천천히 속도를 늦추기 시작했다. 늦춰진 속도만큼 천천히, 아버지가 입을 열었다.

네 엄마는 괜찮다.

갑작스러운 말이었다. 나는 그 말에 아무런 대꾸도 하지 못했다. 솔직히 말하자면 한동안 잊고 있기까지 했다. 나는 아무 말 없이 창밖을 쳐다보았다. 속도가 느려지자 이상하게도 더 긴장이 되었다. 블라우스의 단추를 하나 더 풀었다. 교복 주머니를 뒤적거렸다. 희미한 나프탈렌 냄새만 날 뿐 아무것도 나오지 않았다. 땀이 났다. 몸안 어딘가에서 열기가 번져 나오는 것만 같았다. 나는

창문을 완전히 열었다. 작은 날벌레들이 얼굴에 부딪치는 느낌이
났다.

더웠다. 아버지는 에어컨을 켜지 않았다. 나는 덥다고 말하지
않았다. 열린 창문으로 축축하게 젖은 무더운 공기가 훅 끼쳐들어
왔다가 천천히 번져나갔다. 나는 블라우스에 재킷까지 차려입었
지만 제대로 여미지 못한 상태였다. 블라우스는 단추가 한 칸씩
밀려 잠겨 있었고, 치마 버클은 잠그지도 못하고 지퍼만 겨우 올
린 채였다. 아버지는 아무것도 묻지 않았다. 왜 교복을 입었는지,
왜 한여름에 동복을 입고 있는지조차 묻지 않았다.

나는 창밖으로 시선을 돌렸다. 아무것도 없었다. 흙냄새가 진하
게 풍겨왔다. 한동안 비가 오지 않을 거라는 내 직감은 빗나갔는
지도 몰랐다. 그러고 보니 목덜미 쪽이 뻣뻣하게 굳어오는 것 같
기도 했다. 속도를 늦춘 탓인지 검은 그림자처럼만 보이던 덤불이
한결 자세히 보였다. 고개를 내밀어 지나온 길을 돌아보았다. 아
무것도 없었다. 까맣기만 했다. 누군가 작정하고 칼로 도려내버린
것만 같았다. 강을 건너고 나면 다리를 불태운다는 말이 문득 생
각이 났다. 되돌아갈 수 없다는 예감이 강하게 들었다.

저멀리 톨게이트 불빛이 보였다. 아버지는 천천히 톨게이트로
향했다. 도로 위에서는 보이지 않던 차들이 이곳에 모두 모여 있
었다. 어둠 속에 몸을 감추었다가 환한 톨게이트 주변으로 모여든
벌레들 같았다.

걱정 마라.

아버지가 말했다. 그렇게 말하면서도 아버지는 초조한 기색이 역력했다. 아버지는 이용료를 내기 위해 지폐 몇 장을 쥔 채 동전을 뒤적였다. 나는 자동차 안에 있던 동전 몇 개를 아버지 손에 쥐여주었다. 아버지는 허둥지둥 돈을 건네다 결국 동전 하나를 바닥으로 떨어뜨렸다. 동전이 바닥에 떨어지는 소리가 유난히 크게 들렸다. 톨게이트 직원이 목을 길게 빼고 바닥을 내려다보았다. 동전이 바닥에서 몇 바퀴 돌다가 이내 잠잠해졌다. 아버지는 직원과 동전을 번갈아 쳐다보다 결국 차문을 열고 내렸다. 아버지가 허리를 굽혀 동전을 줍는 동안 나는 직원을 지켜보았다. 여전히 목을 길게 뺀 채로 아버지의 정수리를 빤히 보는 늙은 여자를. 하반신이 없는 게 아닐까. 그런 생각이 들었다.

톨게이트를 통과한 후 아버지는 다시 속도를 높이기 시작했다. 바람이 짧은 머리카락을 마구 헤집었다. 나는 창문을 닫았다.

유턴 지점만 찾으면.

아버지는 유턴 지점이라는 말을 중얼거렸다. 나는 갑자기 모든 긴장이 풀려 풋, 하고 웃어버렸다. 아버지는 내 웃음소리를 듣지 못한 것 같았다. 나는 괜히 헛기침을 해댔다. 아버지가 운전대를 힘주어 잡았다. 초조한 기색은 점점 옅어지는 것처럼 보였다. 아버지는 다시, 멈추는 방법 따윈 알지 못한다는 듯 우리 앞으로 길게 뻗은 도로에만 집중했다.

나도 눈앞의 길을 집중해서 쳐다보았다. 짙게 내리깔린 어둠이 헤드라이트에 갈라졌다 다시 묻히길 반복했다. 아버지는 유턴 지점이 있으리라 확신했다. 그런 확신은 반드시 필요하다. 유턴 지점이 저 앞에 있다고 의심하지 않고 믿는 마음은, 정말이지 중요하다. 때로는 그런 마음이 절실할 때가 있다는 걸, 나는 누구보다 잘 알고 있었다. 나는 아버지를 향해 미소를 지었다.

유턴 지점을 만나게 되면.

내가 말했다. 아버지는 아무런 대꾸도 하지 않았다. 내 목소리만 나직하게 차 안을 울렸다. 유턴 지점을 만나게 되면 그다음은 어떻게 될까. 우리는 그때 무슨 말을 할 수 있을까. 나는 불가능한 일에 대해 생각하고 있었다. 아버지에게는 모든 것을 되돌릴 수 있다는 희망이 필요했다.

엄마는 어떨까. 엄마가 손톱으로 할퀴었던 팔뚝을 슬그머니 문질러보았다. 아버지는 자꾸 엄마가 괜찮다고만 했다. 어딘가 잘못되었어도 유턴 지점을 만나면 돌이킬 수 있다고 믿었다.

하지만 아니다. 엄마는 괜찮지 않았다. 슬며시 웃음이 났다. 나는 아버지의 얼굴을 가만히 쳐다보았다. 아버지는 다시 침착하고 차분하게 운전에만 집중하고 있었다. 유턴 지점을 만나기 전까지 아버지는 괜찮을 것이다. 그다음이 어떻게 될지는 유턴 지점에서 다시 생각해도 될 것이다.

결국 나는 아무것도 말하지 않기로 결정했다. 대신에 안전벨트를 풀고 교복 재킷을 벗었다. 재킷을 벗은 것만으로도 한결 시원해지는 것 같았다. 재킷을 벗느라 움직이니 나프탈렌 냄새가 코끝에 끼쳤다. 나는 하나씩 밀려서 잠긴 블라우스 단추를 끌러 하나씩 다시 채워나갔다. 재킷은 뒷좌석으로 던져두었다. 무엇이 잘못되었는지, 무엇 때문에 잘못되었는지 생각하는 것은 그만두기로 했다. 분명히 어떤 일이 일어났다. 그뿐이었다.

톨게이트 주변에서 보았던 자동차들은 어느새 사라졌다. 도로 위는 다시 우리뿐이었다. 나는 창문을 완전히 내린 채 손바닥을 내밀었다. 손바닥으로 작은 빗방울이 조금씩 떨어졌다. 곧 큰비가 쏟아질 것이다. 다시 시작될 장맛비라고 생각했다. 축축하게 데워진 공기가 도로 위에 가득찼다. 얼마나 더 많은 비가 올지, 더이상은 짐작도 되지 않았다.

톨게이트를 지난 후 어느 정도의 시간이 흘렀는지 알 수 없었다. 유턴 지점은 어디에도 보이지 않았고, 우리는 끝도 없이 도로 위를 내달렸다. 이따금 어디로 가느냐고 물었지만 아버지는 대답하지 않았다.

아버지는 여전히 운전대를 쥔 손에 힘을 준 채 속도를 냈다.

아직도 유턴 지점은 보이지 않았다.

해설 | 임정균(문학평론가)

사람 아닌 것들의 리얼리티

1

    이나리의 첫 소설집 『모두의 친절』에 등장하는 인물들은 대체로 특별히 심각한 일이 벌어지지 않는 일상 속에서 정물처럼 시간을 견디고 있다. 그런가 하면 얼핏 피비린내가 코끝을 스치거나 서늘하고 음습한 기운이 잠깐 서렸다 자취를 감추기도 하고 급기야는 어떤 재난의 풍경과 이미 망해버린 세계가 슬쩍 겹쳐 보이기도 한다. 이처럼 상반된 분위기가 한 권의 소설집에 공존하는 까닭은 아마 이나리의 데뷔작 「오른쪽」의 전면에 펼쳐진 사건이 너무 강렬한 탓일 것이다. 그런데 이 소설집에 드리워진 분위기를 주조하는 것이 가시적인 사건의 끔찍함만은 아니다. 이야기 이후의 시간이, 소설의 시간 자체가 캄캄하기 때문이다. 한 치 앞도 볼 수 없는 시간 속에서 어둠 너머를 응시하는 인물들에게 현실은 암흑일 수밖에.

말하자면 이들에게는 전망이 없다. 소설의 필수 요소는 아니지만 과하거나 결핍되면 문제를 일으키는 비타민 같은 것, 한때 좋은 소설과 나쁜 소설을 판가름하는 시금석으로 통용되던 그 전망이 없다니. 그것은 사건 이후의 미래를 짐작할 수 없기 때문이 아니다. 오히려 이들 앞에는 너무도 선명한 길이 놓여 있다. 하지만 그 길이 "끝도 없이 생겨나는 것 같은 외길"(「오른쪽」, 152쪽)이어서 뭔가 잘못되었다고 생각했을 때는 "원래대로 되돌아"(「비타민」, 88쪽)가는 것만이 유일한 선택지라면 어떨까. 출발선으로 돌아간다고 달라지는 건 없다. 다시 가야만 하고 가야 할 길이 그 외길뿐이라면, 그건 오히려 형벌에 가깝다. 그러니 이 인물들이 전망의 결핍으로 인한 증상을 겪는 것도 무리는 아니다.

이들은 유난히 예민한 사람들이다. "무슨 소리가 난 것 같은 기분에 너는 귀를 기울였다. 한참이나 집중했지만 어떤 소리도 찾아내지 못했다. 시계 소리만 유난히 크게 들려왔다."(「완벽한 농담」, 27쪽) "무언가를 더 집어넣으려는지 가방 지퍼를 여는 소리가 들렸다. 뒤이어 닫는 소리가 났다. 가방 지퍼를 여는 소리와 닫는 소리는 조금 달랐기 때문에 귀를 기울이면 두 소리를 구분할 수 있었다."(「타조 아니면 낙타」, 112~113쪽) 이 예민한 감각은 미래를 전망할 수 없는 인물들이 겪는 증상이자, 전망을 결핍한 소설의 징후라고 봐도 좋다. 전망이 소거된 소설의 시간 안에서 인물들이 할 수 있는 일은 집요하게 순간을 경험하는 것뿐일 테니까. 그렇게 소설의 시간이 늘어지면, 평소에는 보이지 않고 들리지 않던 낯설고 기이한 순간이 속살을 드러낸다.

단단한 현실을 딛고 서 있는 평범한 사람에게는 이 순간이 과장되고 병적이며 비현실적으로 보일 것이다. 그렇지만 이나리의 인물들이 보고 들은 것들이 현실에서 한 뼘쯤 허공에 떠 있는 환상은 아니다. 오히려 이들은 현실이라는 단단한 땅에 식물처럼 발을 파묻고서 무력하게 증상을 겪는 중이다. 그러다 문득 "살다보면 그럴 때가 있잖아요"(「모두의 친절」, 40쪽)라고 말하게 되는 것이다. 돌연 바닥이 늪처럼 스멀스멀 발등을 타고 올라와 그곳이 실은 허방이었음을 드러낼 때, 우리는 누구나 현실 앞의 무력한 식물임을, 현실이 곧 환상임을(아니 그 반대였던가) 깨닫게 된다. 이나리의 소설은 바로 그러한 순간들의 기록이다.

2

예민함은 타고난 성정이거나 자라면서 발달한 감각일 수도 있지만, 이나리의 인물들이 예민한 건 유난히 신경을 긁어대는 주변 인물과 사건, 환경 같은 외적 요인 때문이다. 「비타민」의 아내 역시 마찬가지다. 그녀는 옆집 모녀가 그들 부부의 안온한 일상을 침범해오기 전까지는 무난한 신혼생활을 이어왔다. 매일 아침 비타민을 챙겨 먹는 것으로 그녀는 보편적 생애주기의 정상 궤도에 무사히 안착했다는 안도감을 느낀다. 하지만 빌려간 고급 접시를 갖은 핑계를 대며 돌려주지 않거나, 허락도 없이 비타민을 먹고 제집처럼 찾아와 화장실을 사용하는 옆집 모녀의 무례한 행동은 그녀의 일상에 균열을 일으킨다. 그녀는 옆집 딸의 가방에 달린 작은 금속 인형이 내는 소리라든지, 모녀가 소변을 보는 소리에 몹시 신경이 곤두선다.

「바퀴벌레」의 남자는 상태가 좀더 심각하다.

내가 집에 혼자 있을 때 나타난 바퀴벌레는 듬성듬성 가시가 돋은 다리로 가뿐하게 몸을 움직였다. 나는 여섯 개의 가느다란 다리가 실크 벽지를 짚어대는 소리를 선명하게 들을 수 있었다. 소리만으로 바퀴벌레의 크기를 짐작할 수 있을 정도였다. (97쪽)

바퀴벌레가 벽지를 짚는 소리를 들을 수 있다니. 아마 이 남자는 평소 과장해서 말하는 버릇이 있거나 지나치게 과민한 사람일 것이다. 집은 신축 빌라여서 바퀴벌레가 나오는 게 오히려 이상한 곳이다. 그런 남자에게 아내는 무심하게 "나올 때마다 잡으라고"(96쪽) 한다. 그 역시 누구보다 바퀴벌레를 잡고 싶다. 하지만 "어떤 낌새를 느끼기 위해 온 감각을 동원"(97쪽)하는 듯한 바퀴벌레의 미세한 몸짓에 그는 가만히 얼어붙는다. 바퀴벌레에게 아무런 낌새도 들키지 않으려는 듯 숨을 죽인 채로 기묘한 대치를 이어갈 뿐이다. 물론 이 남자가 신경과민을 앓고 있음을 눈치채기란 그리 어렵지 않다. 대학에서 학생들을 가르쳤으나, 여학생의 어깨를 만졌(거나 혹은 두드렸)다는 불미스러운 일로 집에서 무료한 시간을 보내고 있는 그는 핸드폰 요금과 커피값을 내주는 아내에게 자격지심을 느낀다. 그는 자신이 즐겨 입던 코트를 보고 바퀴벌레 같다고 한 아내의 말을 집요하게 떠올리며, 집에서 바퀴벌레를 발견한 이후로는 어딜 가든 바퀴벌레를 본다.

이나리 소설 속 인물들은 대개 신혼부부이거나 사춘기 청소년들로 생애주기의 시작점에 놓여 있다. 이런 시기는 새로운 것과 마주하는 데서 오는 묘한 흥분과 함께 낯선 체계와 규범을 배워야 하는 스트레스를 동반하기 마련이다. 인물들이 신경과민을 앓는 것은 어쩌면 당연한 일이다. 문제는 소설들의 결말이 증상의 해소 측면에서 썩 만족스럽지 않다는 점이다. 인물들은 단순히 증상을 앓는 것이 아니라 그 "원인을 제거"(「바퀴벌레」, 101쪽)하기 위해 노력한다. 이러한 귀인attribution은 인간 심리의 보편적 과정이다. 사람은 누구나 문제의 원인을 찾고 이를 제거함으로써 불안을 해소하려 한다. 그런데 귀인은 주체의 편향성에 의해 오류를 범할

위험이 있다. 요컨대 우리는 타인의 잘못에 대해서는 그 사람의 성격에서 원인을 찾는 반면, 자신의 잘못에 대해서는 상황을 탓하기 쉽다는 말이다.

가령 「바퀴벌레」의 남자는 자신이 혼자 있을 때만 바퀴벌레가 나온다는 것을 인지하고 있음에도 바퀴벌레가 실재하는가에 대해서는 의심하지 않는다. 대신 신축 빌라에 바퀴벌레가 꼬이는 이유를 옆집 여자의 천박함(물론 그의 상상에 불과하다) 탓으로 돌린다. 남자에게는 바퀴벌레가 실재한다고 믿는 것이 중요하다. 그가 바퀴벌레를 잡지 못하는 건 바퀴벌레를 자신과 동일시하기 때문이다. 그는 내부의 원인을 외부의 대상인 바퀴벌레에게 전가함으로써 죄의식으로부터 한결 자유로워진다. 증상을 통해 자유를 얻는 것이다. 그러므로 바퀴벌레가 실재한다는 믿음이 곧 증상의 원인이다. 이 믿음을 지속하기 위해 그는 다른 원인을 찾고 증상은 교묘한 방식으로 유지된다.

이와 달리 「비타민」의 아내는 언뜻 자기 자신에게서 증상의 원인을 찾는 듯 보인다. 그녀는 옆집 여자에게 접시를 돌려달라고 하거나 옆집 모녀의 무례를 지적하는 대신 신경질적으로 비타민을 변기에 쏟아부은 뒤 "원래대로 되돌아간 것뿐"(88쪽)이라고 생각한다. 비타민을 챙겨 먹는 것으로 '정상'적인 삶을 살고 있다고 믿어온 그녀가 비타민을 폐기하고 '원래'의 상태로 돌아갔다고 생각하는 것이다. 그녀의 믿음은 비타민에서 기인하는 것이 아니다. 비타민은 정상적인 삶의 표본이 구체적인 형태로 존재한다는 믿음을 유지하기 위한 수단일 뿐이다. 그녀는 실패한 수단을 폐기하는 것으로 간단히 원점을 되찾는(다고 믿는)다. 이 한 번의 실패와 손쉬운 원점 회귀는 이전에 반복되었을, 그리고 이후에 반복될 실패까지 예시하는 듯하다. 그러니 문제는 수단이 아니라 잘못 설정된 목적일지도 모른다.

「바퀴벌레」의 남자와 「비타민」의 아내는 자신이 믿는 것을 계속해서 믿기 위해 원인을 찾고, 결과적으로 증상을 포기하지 않는다는 점에서 유사하다. 이들에게 위기는 '아직' 오지 않았다. 위기는 더 철저한 파국을 위해 한껏 무르익고 있다. 그러므로 이 소설들은 임박한 파국의 낌새와 불안에 관한 이야기인 셈이다.

3

그래서일까. "사람 아닌 것들이 재난을 더 빨리 느낀다"(「바퀴벌레」, 95쪽)라는 문장이 유독 의미심장하다. 맞는 말이다. 재난에 맞서 생존을 도모하기 위해서는 무엇보다 예민한 감수성이 필요하다. 이를테면 바퀴벌레와도 같은 '사람 아닌 것들'의 민감함. 누구보다 빨리 징후를 캐치해 안전을 도모할 시간을 벌어야 한다. 증상의 원인을 알고자 자기를 반추하고 반성하며 사유하는 동물은 위기의 순간에 느릴 수밖에 없고, 갑작스런 재난 앞에 속수무책일 수밖에 없다. 그러니 위기를 직감했다면 바퀴벌레처럼 본능적으로 민첩하게 달아나야 하는 걸까. 하지만 보통의 사람이라면 누구나 신경증을 갖고 있다고도 하지 않던가. 그렇다면 기실 병든 사람은 신경과민에 걸린 듯한 인물들이 아니라, 그들 주변의 무신경한 사람들인지도 모른다.

작가가 적어도 「오른쪽」을 통해 '사람다운 것'에 의문을 제기하고 있는 것만큼은 분명하다. 화자인 어머니는 이제 자신의 손으로는 감당이 안 될 만큼 커버린 아들이 두렵다. 그녀는 "주변 사람들의 조언대로"(136쪽, 이 표현은 이후 여러 번 반복된다) 아들을 엄격하게 훈육해왔으나, 아들은 사랑의 매를 부러뜨린 것도 모자라 그녀의 팔까지 부러뜨렸다. 그 망나니 같은 아들이 이제는 강간과 살인까지 저질렀다. 그런데도 그녀는 타인들의 조언을 수용한 훈육 방식에서 잘못을 찾기보다는 "결국 훈육이 되는 시기를 모두 놓친 건 내 탓"(137쪽)이라고 자책한다. 하지만 이 자책은 그리 오래가지 않는다.

어서 도와.

내가 말했어요. 그제야 서서히 정신이 드는 모양인지 그애의 눈빛이 시시각각 변해갔어요. 솔직히 말하자면 그게 조금 재미있기도 했어요. 사람은 누구나 실수를 하잖아요. 그런데 그 실수

를 하나씩 떠올리고 괴로워하는 모습을 지켜보는 건 쉬운 기회
가 아니니까. 마치 어린 시절의 그애를 보는 것 같았어요. 몸이 아
직 작고 여릴 때, 때리면 때린 자국이 선명하게 남던 그때 말이에
요. 지금 그애는 그때와 똑같은 표정을 짓고 있었어요. 나는 묘한
우월감이 차올랐는데 그건 굉장히 오랜만에 느끼는 감정이었어
요.(144~145쪽)

시신을 앞에 두고 제정신(?)을 차린 아들이 어찌할 바 모르고
당황하는 순간 그녀는 기회를 포착한다. 자신의 명령에 아들이 고
분고분 따르는 걸 보면서 그녀는 다시 엄격한 훈육자의 위치를 되
찾는 한편, 자신의 훈육 방식이 틀리지 않았음을 재확인한다. 또
한 이 대목은 왼손잡이인 아이를 "바른손"(141쪽)이라고 표현되
는 오른손잡이로 교정해온 자신의 훈육 방식을 합리화하는 그녀
의 아이러니한 목소리와 겹쳐지면서 가시적인 폭력의 배후에서
재생산되어온 훈육과 교정의 폭력성을 폭로한다.

이 소설이 발표된 이듬해 유행한 말이 있다. "Manners maketh
man." 하지만 이 소설에서 매너는 오히려 폭력을 생산한다. 어떻
게 그런 일이 가능할까. 도덕과 사회적 규범은 특정한 문화적 환경
과 맥락에서 옳다고 간주되는 것들이 많은 사람들에게 받아들여져
체계화된 것이다. 그와 같은 규범이 일련의 행동으로 양식화된 것
이 매너다. 그런데 매너는 종종 맥락과 무관하게 그것 자체에 선

함이나 옳음이 깃들어 있다고 여겨지기도 한다. 옳다는 것이 무엇인지, 다수가 옳다고 하는 것은 반드시 옳은 것인지 등에 관한 본질적인 물음이 없다면, 목적을 위한 수단에 불과한 양식manner은 때로 그 자체가 목적이 되곤 한다. 오른손이 바른손이라 불리는 것도 수단과 목적의 도착인 셈이다.

「오른쪽」속 그녀의 훈육과 교정의 폭력성은 바로 그 본질적 물음 없이 타인들의 조언을 수용한 맹목성에서 비롯한다. 훈육의 목적인 '사람다움'에 대한 숙고 없이 훈육 자체를 목적으로 삼게 되면 '사람다움'은 껍데기로만 남을 수밖에 없다. 양식은 사유하지 않는다. 다만 정해진 패턴에 따라 기계적이고 자동적으로 판단할 뿐이다. 옳다고 믿는 것 외의 다른 것들의 차이를 구분하지 못하는 이러한 판단은 답이 이미 정해져 있는 양자택일의 형태일 수밖에 없다. 이 소설 말미에 나오는 갈림길은 바로 그 양자택일의 알레고리다.

4

가도 가도 끝이 보이지 않아서 제대로 가고 있는지 자꾸만 의심하게 되는 길. 왔던 곳으로 되돌아가는 것 말고는 다른 방도가 보이지 않을 때 슬며시 불안이 고개를 쳐든다. 그때 이 낯선 길은 정확히 양쪽으로 갈라진 길을 제시한다. 오른쪽과 왼쪽. 이처럼 불안한 상황에서는 누구나 안전한 쪽을, 그것이 무엇이 되었든 많은 사람이 옳다고 하는 것을 선택하려는 경향이 있다. 이런 경향은 심리의 문제가 아니라 심리 외부의 거시적인 기준들, 이를테면 집단적 편견과 신념, 이데올로기와 같은 것들의 메커니즘을 따른다. 그 친절한 대타자들은 이미 답을 정해놓았다. 옳은 쪽과 왼(그른)쪽으로.

「유턴 지점을 만나게 되면」에서도 상황은 비슷하다. 아버지와 딸은 조금 전 있었던 "어떤 일"(181쪽)로부터 벗어나기 위해 차를 타고 어딘가로 향하는 중이다. 이 드라이브에는 뚜렷한 목적지가 없다. 아버지는 끝없이 이어지는 고속도로를 "앞만 보고 달리고 있을 뿐"이고, 어딘지도 모를 그곳에 "도착하기만 하면 모든 문제가 해결된다고 믿"(186쪽)고 있다. 마치 이 직선도로를 질주하는 일이 조금 전 그 일을 바로잡는 과정인 양. 하지만 앞만 보고 달리던 아버지는 출구를 놓치고 만다. 그는 유턴 지점을 찾기 위해 더 먼 곳을 향해 앞으로 내달린다. 조수석에 앉아 "무엇이 잘못되었을까"(179쪽) 생각하는 딸에게 이 드라이브는 "도망치는 일"(187쪽)이다. 그러므로 두 사람에게 새롭게 설정된 목적지(유턴 지점)는 전혀 다른 의미를 갖는다. 그럼에도 "유턴 지점은 어디에도 보이지 않"고, 부녀는 유턴 지점을 찾아 "끝도 없이 도로 위를 내달"(200쪽)릴 뿐이다. 그들은 무사히 그 외길을 벗어날 수 있을까.

「애완식물」에서 그 길은 상승과 하강의 경사로로 변주된다. 가출한 딸을 찾기 위해 외길인 오르막길을 오르는 어머니는 "희생, 고결, 숭고, 모성애"(165쪽)와 같은 단어를 떠올리며 점차 고양되는 한편 딸은 엘리베이터를 타고 아래로 내려갔다가 겪은 일로 인해 바닥 같은 "수치"(168쪽)를 느낀다. 이 선명한 상승과 하강의 대비를 따라 모녀의 엇갈린 입장이 그들 자신의 목소리를 통해 서술된다.

주변 사람들은 나더러 좋은 엄마라고 말했다. 나는 언제나 더 좋은 엄마가 되고 싶었다. 아이가 내게 동성애자라고 말해왔을 때도 마찬가지였다. 아이는 더이상 나를 속일 수 없다며 내 앞에서 울었다. 콘돔 사용법은 가르칠 필요가 없으려나. 울고 있는 아이를 앞에 두고 막연하게 그런 생각을 했다. 아이는 내게 죄송하다고 말했다. 나는 아이를 이해했다.(166쪽)

거듭 '아이를 이해한다'고 말하는 어머니를 두고 딸은 왜 가출한 것일까. "아이는 이제 막 사춘기의 문턱을 지나고 있었"고, "반항도 가출도 성장의 일부"(173쪽)라는 어머니의 진술만 보면 딸의 가출은 그저 사춘기의 반항에 불과한 듯하다. 하지만 딸의 입장은 좀 다르다. 이해심 충만한 어머니는 딸의 커밍아웃에 놀라

214

는 기색 없이 딸의 머리를 남학생처럼 잘라버린다. "엄마는 그것
들[식물들—인용자]의 키와 잎의 크기, 개수를 정확하게 파악하
고 있었다. (……) 조금이라도 엄마의 기준에서 벗어나면 그건 훼
손된 것으로 여겨졌다"(162쪽)라는 딸의 진술에 따르면 어머니의
이해심은 지극히 편향되고 독단적인 판단에 불과하다. 자신의 성
정체성을 뚜렷하게 경험하고 인식했을 딸에게 생물학적 성과 성
정체감 사이의 불일치보다 혼란스러운 것은 어머니의 성급한 이
해와 섣부른 교정이었을 것이다.

어머니가 다음과 같은 사고 회로를 갖고 있는 한 이분법적 성
구분 너머의 성적 지향을 이해할 리 만무하다. "자신의 생각을 말
한다는 건 자신이 가진 단어들을 끄집어내는 일이라고 했다. 나는
내가 알고 있는 단어들을 조합해 내게 일어난 변화를 설명하기 위
해 애썼다."(165쪽) 이와 같이 다른 사람들로부터 알게 된 단어들
의 목록으로 사고하는 방식으로는 새로운 것을 인식할 수도 없을
뿐더러, 기계적인 판단만이 가능할 뿐이다.

「완벽한 농담」에서도 유사한 대목을 발견할 수 있다. 초경을 앞
둔 사춘기 소녀는 알 수 없는 불안감에 시달린다. 불안은 "어떤 시
기가 지났고, 또다른 시기가 다가오고 있다는 걸"(31쪽) 어렴풋
이 체감한 데서 기인한다. 그 시기란 보편적인 삶의 궤도를 향해
일방적으로 진입하는 때를 가리킨다. 이 소녀가 친구 미루와 함
께 "과거에 국가부채를 갚으려던 운동을 기리는"(19쪽) 공원에서

'금 모으기 운동'을 하는 사람들을 보는 대목은 이 시기가 지닌 이중적인 함의를 잘 보여준다.

　너는 애국심이나 정의 같은 말들에 대해 생각해본 적이 없었다. 너는 배운 대로만 생각했다. 그러니까 그때 네가 내뱉은 말은, 네가 배워왔던 생각이 아니었다.
　잘못한 사람이 책임을 져야지.(20쪽)

　배운 대로만 생각해온 이 소녀가 훗날 「애완식물」의 어머니와 같은 어른으로 자라리라 예상하기란 어려운 일이 아니다. 한편으로 어른으로의 성장 과정으로 진입하기 직전의 이 소녀는 여러 사회적 편견들로부터 자유로운 시기에 놓여 있기도 하다. 그런데 사춘기 소녀의 일탈을 서사화하는 화자의 목소리가 수상하다. 소녀를 '너'로 지칭하며 소녀에 관해 전지적 관점을 취하는 이 화자는 훗날 자신의 사춘기 기억을 떠올리는 서술적 자아로 보이기 때문이다. 그런데 금 모으기 운동을 위해 모여든 사람들을 목격한 직후 "몰라서 그때 무심할 수 있었다는 걸, 너는 오랜 시간이 지난 후에야 알게 된다"(24쪽)라는 예변법prolepsis은 일종의 자기기만처럼 읽힌다. 소녀는 당시의 풍경을 무심히 보지 않았을 뿐만 아니라, 매일같이 비슷한 사건을 알리는 뉴스에서도 다루지 않을 만큼 '흔한 사건'의 세부를 예민하게 감각하고 기억하기 때문이다.

하지만 유기된 영아 시체, 목을 맨 여학생, 머리가 박살난 채 죽은 남자에 관한 소녀의 기억은 엄마에 따르면 '틀린' 기억이다. 그렇다면 어린 시절을 떠올리는 서술적 자아의 기억은 또 얼마나 왜곡된 것이며, 뉴스에도 나오지 않을 만큼 '흔한 사건'들에 관한 엄마의 기억은 또 얼마나 정확한 것일까. 소녀는 자신의 기억이 틀리지 않았다고 주장하는 대신 입을 다문다. "가끔은 고개를 끄덕이기도 했다. 때로는 이야기하지 않는 편이 좋았다. 무엇인가 이야기하고 싶을 때는 농담을 떠올렸다."(34쪽) 그렇게 소녀는 어른이 되어간다.

5

흥미롭게도 신경증을 앓는 전망 없는 인물들의 이야기들은 「모두의 친절」의 원영이 쓴 소설들처럼 보이기도 한다. 오래전 등단한 소설가인 그녀는 "아주 드물게 소설을 발표할 때도 있었지만 별다른 주목을 받지 못하고 금세 잊혔"(54쪽)고, 지금은 도서관에서 소설을 가르치고 있다. 그녀는 출입증과 신분증을 두고 나온 탓에 도서관 관리인에게 제지당했을 때 그 이유가 "평소에 자신이 덜 친절했기 때문"(47쪽)이라고 생각한다. 한편으로 그녀는 선배로부터 "너 글은 쓰고 있니"(53쪽)라는 메시지를 받고 모욕감을 느끼면서도 답장을 보내지 않은 자신의 행동이 무례하게 여겨지진 않을지 걱정한다. 그런 그녀가 하는 일이 수강생의 글에서 어떻게든 칭찬할 내용을 찾아 '친절'을 베푸는 일이라는 점은 아이러니하다.

고백체로 서술되는 또다른 서사는 원영의 강의를 듣는 수강생의 습작 소설로 보인다. 선의로 옆집 언니의 아이를 돌봐주던 화자는 아이가 실종되는 사건이 일어나면서 아이를 학대한 이웃이자 유괴범으로 지목된다. 그럼에도 그녀는 "아마 언니가 이 상황을 알게 되면 미안해할 거예요. 나는 언니를 이해하고, 언니를 이해하는 나 자신을 이해했어요"(44~45쪽)라고 말한다. 옆집 언니의 안하무인보다 더 납득하기 어려운 저 이해심은 이타심이 아니라 친절에 대한 맹목에서 비롯한다.

원영은 이 수강생의 글에 적힌 "생리가 터졌다"라는 관용표현을 보고 "근원 모를 불쾌감"(48쪽)을 느낀다. 대다수의 사람들이 별다른 생각 없이 흘려 넘겼을 관용어에서 모종의 혐오를 발견하는 이 예민한 감수성은 같은 이유로 대다수의 사람들이 그녀를 불친절하다고 느끼는 유별난 예민함이기도 할 것이다. 그러나 원영은 오래전 자신의 별명에 전혀 다른 의미가 담겨 있다는 걸 알게 된 이후로 폭력과 무례에 관해 늘 생각해왔고, 일상적으로 쓰는 말들 속에 그와 같은 폭력이 상존함을 잘 알고 있다.

맹목적인 혐오와 편견은 망각을 통해 재생산되고, 무관심을 통해 강화된다. 그러므로 기계적인 인식과 판단을 멈추고, 아무것도 보이지 않았던 혹은 보지 못했던 곳에 늘 있어온 혐오와 편견을 다시 발견해야 한다. 정상성이 보지 못하는 것을 예민하게 보고 듣고 느껴야 한다. 그렇게 할 때 평온한 일상 이면에서 잔뜩 곪아가는 위기가 모습을 드러낸다. 하지만 홀로 그것들을 마주하는 일이 결코 쉽지만은 않을 것이다. 그 외로운 싸움에 원영은 지쳤고, 그녀를 도와줄 사람이 주변에는 없다. 멀리서 들려오는 개 짖는 소리만이 그녀에게 유일한 위안이 된다. "적어도 개는 누군가의 기척을 느낀 거겠지."(63쪽) 하여 저 개가 느끼고, 또 저 개로부터 원영이 느낀 어떤 기척들을 '사람 아닌 것'들의 리얼리티라고 해도 좋지 않을까. 무감하고 무신경한 사람들은 쉽게 인지하지 못하는 것들을 예민하게 감각하며 홀로 밤을 뒤척일 그녀의 기척에 이제 우리가 귀기울일 차례다.

작가의 말

1

아주 오래전, 아마도 초등학교 때, 유난히 내성적이었던 나는 책 읽고 글쓰는 일에 몰두했다. 하루는 담임선생님이 엄마를 불러 얘기했다.

나리 글은 너무 어두워요. 집에 무슨 문제가 있나요?

2

셸레스트 헤들리의 책 『말 센스』(김성환 옮김, 스몰빅라이프,

2019)에 이런 일화가 나온다.

　몇 년 전 내가 좋아하는 한 친구의 아버지가 돌아가셨다. (……) 슬
픔에 빠져 취약해진 사람에게 적절한 말이 무엇일까 고민을 하다가, 나
는 내가 아버지 없이 자랐다는 사실에 대해 이야기를 늘어놓기 시작했다.
(……) 나도 비슷한 일을 겪어봤기 때문에 그녀의 기분을 이해한다는 사
실을 알려주고 싶었다. 하지만 내가 이 이야기를 마치자 친구는 나를 바
라보면서 이렇게 쏘아붙였다.
　"좋아, 셀레스트 네가 이겼어. 너는 아버지를 알지도 못했지만, 나는
아버지와 최소 삼십 년 이상을 함께 보냈으니, 네 상황이 더 안 좋은 거
야. 그러니 아버지가 돌아가셨다고 해서 내가 기분 상할 필요는 없겠지."
(……)
　"아냐, 아냐, 그런 뜻으로 한 말이 절대 아냐. 나는 그저 네 기분을 이
해한다고 말하고 싶었던 것뿐이야." (……)
　"아냐, 셀레스트, 너는 이해 못해. 너는 내 기분을 조금도 몰라."

3

사람이 사람을 이해한다는 건 가능한가.
사람들 각각은 언어도, 문화도, 법률도 모두 다른 독립된 세계

라고 생각한다. 그러니 사람들이 서로를 완전하게 이해한다는 건 불가능에 가깝지 않나. 그런 생각을 오랫동안 해왔다. 그 세계들이 맞닿아 부딪치는 순간을 말하고 싶었다.

등단작 「오른쪽」에 등장하는 그 여자아이가 종내에는 토막이 날 거라고 생각했다. 그애를 생각하면 항상 조각난 몸이 먼저 떠올랐다. 책으로 묶는 지금, 그 조각들이 하나로 뭉쳐져 이제야 온전한 그애가 된 것 같다. 그러기까지 오래도 걸렸다. 등단한 뒤로 줄곧 무서웠다. 그애도 더는 무서워하지 않았으면 좋겠다.

어떤 생각을 하는 것과 그것이 하나의 글이 되는 건 다르다. 각각의 글을 쓰는 것과 그것이 한 권의 책이 되는 건 또 다르다. 그 일에 많은 사람들, 그리고 그들의 에너지가 필요하다는 걸 알았다. 고마움과 미안함은 서로 달라붙어 있는 마음이다. 그 마음을 모두 합쳐 감사하다는 말만 남겨본다.

이나리 드림

| 수록 작품 발표 지면 |

완벽한 농담 ······ 『21세기문학』 2016년 봄호

모두의 친절 ······ 『문학들』 2020년 여름호

비타민 ······ 문장 웹진 2015년 4월호

바퀴벌레 ······ 웹진 비유 2018년 2월호

타조 아니면 낙타 ······ 『문학동네』 2015년 가을호(발표 당시 제목은 '타조')

오른쪽 ······ 『문학동네』 2014년 가을호

애완식물 ······ 『악스트』 2018년 7/8월호(발표 당시 제목은 '달콤한 집')

유턴 지점을 만나게 되면 ······ 미발표작

문학동네 소설집
모두의 친절
ⓒ이나리 2021

초판인쇄 2021년 3월 11일
초판발행 2021년 3월 25일

지은이 이나리
책임편집 김내리 | 편집 오윤 권순영 이상술
디자인 김이정 유현아 | 마케팅 정민호 이숙재 우상욱 정경주
홍보 김희숙 김상만 함유지 김현지 이소정 이미희 박지원
제작 강신은 김동욱 임현식 | 제작처 상지사

펴낸곳 (주)문학동네 | 펴낸이 염현숙
출판등록 1993년 10월 22일 제406-2003-000045호
주소 10881 경기도 파주시 회동길 210
전자우편 editor@munhak.com | 대표전화 031) 955-8888 | 팩스 031) 955-8855
문의전화 031) 955-3578(마케팅) 031) 955-8864(편집)
문학동네카페 http://cafe.naver.com/mhdn | 트위터 @munhakdongne
북클럽문학동네 http://bookclubmunhak.com

ISBN 978-89-546-7743-1 03810

www.munhak.com